UN ÉCHEC CUISANT

Au Cœur des Flammes

J.H. CROIX

Chapitre Un

WARD

Je scannai la pièce avec intensité, incapable de détourner les yeux de Susannah Gilmore. Elle était appuyée contre le bar en bois, ses cheveux blond vénitien cascadaient en boucles sur ses épaules. Je ne savais pas ce que le barman lui disait, mais j'en étais instantanément agacé. Ses yeux traduisaient une envie flagrante.

Non pas que je ne le comprenne pas. Susannah était magnifique. Forte comme une déesse, fougueuse comme un diable et tellement sexy, c'était un miracle que je réussisse à garder mes mains dans mes poches depuis mon arrivée.

J'étais à Willow Brook, en Alaska, pour rencontrer l'équipe de pompiers que j'étais sur le point d'intégrer en tant que surintendant. Je n'étais ici que pour une nuit de plus avant de retourner voir ma mère. J'avais presque annulé ce voyage parce que j'étais censé commencer cette semaine. C'était avant que ma mère ne soit transférée en soins palliatifs quelques jours plus tôt.

En attendant, j'avais l'intention de faire une chose

avant de partir pour un mois demain matin : passer une autre nuit avec Susannah, pour recréer la dernière nuit de notre formation de pointe en Californie, il y a quatre ans. Cette nuit-là était restée gravée dans ma mémoire. Je ne savais pas à quoi m'attendre quand j'avais appris qu'elle était affectée à l'équipe que je dirigerais.

Quatre ans, c'était assez long pour s'oublier l'un l'autre. Pourtant, j'étais arrivé à la caserne et je savais qu'elle était dans la pièce avant même de la voir. Mon corps était un diapason dont elle était la note. J'étais ici depuis trois jours et l'envie avait mijoté en moi tout du long. Nous ne pouvions pas être dans le même espace sans nous enflammer.

Je savais que la courtiser n'était pas intelligent. J'étais sur le point de devenir son patron, bon sang. Mais je ne voulais pas vraiment penser avec mon cerveau en ce moment. Je voulais oublier tous mes problèmes, et Susannah était la solution.

Je regardai le barman se détourner de Susannah pour servir un autre client. L'équipe m'avait emmené avec eux au Wildlands Bar, un endroit apparemment populaire, à en juger par la foule. Il était tard et la plupart des membres de l'équipe étaient déjà partis. Quand il fut clair que le barman était occupé, je profitai de l'occasion pour faire mon approche.

Appuyé contre le bar à côté de Susannah, je lui jetai un coup d'œil. Simplement par le fait d'être près d'elle, mon corps se serra et mon membre se contracta. Elle n'avait rien à faire pour m'exciter. Elle n'avait qu'à exister.

Ses yeux bleus croisèrent les miens et le rose macula ses joues.

« Ward, je pensais que tu étais parti », dit-elle.

Je m'appuyai sur le bar avec mes coudes, ne serait-ce que pour masquer mon excitation douloureuse. Secouant la tête, je soutins ses riches yeux bleus. « Pas encore. »

On se regarda, l'air bourdonnait autour de nous, claquant et crépitant d'électricité. Il y a quelques années, j'avais été appelé pour aider sur un incendie dans la campagne pas loin d'ici, en Alaska. J'avais entendu les histoires sur l'éruption du mont Augustine dans les années 80. Selon un collègue pompier, les cendres étaient épaisses et formaient parfois de petits nuagesdans l'air où la suie du volcan est concentrée et frictionnée, créant un mini orage dans les nuages.

Je n'avais jamais vu le phénomène, mais le souvenir m'était resté. C'était ce que je ressentais quand j'étais avec Susannah.

Elle ne dit rien mais elle ne détourna pas les yeux non plus. Elle caressa sa lèvre inférieure avec sa langue.

Au bout d'un moment, elle parla. « On va devoir trouver une solution. »

« Une solution à quoi ? », demandai-je.

Son souffle se coupa brusquement. Je pris le moment d'apprécier cette vue. Elle avait des taches de rousseur éparpillées sur ses joues de porcelaine et son nez était légèrement en trompette. Elle était tellement belle et attachante à la fois avec cette attitude de garçon manqué que j'adorais. Je ne saurais dire pourquoi elle me plaisait autant. Bon sang, ce n'était pas comme si je n'avais pas rencontré d'autres belles femmes. Il n'y avait pas beaucoup de femmes pompières, mais elle n'était pas non plus la seule. À part pour moi. Un coup d'œil fut assez, comme un coup de poing dans les tripes et le cœur. Elle était une dose d'adrénaline vivante et injectait du désir dans mes veines.

J'avais compris sa question. La vérité était que

j'étais sur le point de devenir le surintendant de son équipe. En tant que contremaître, elle serait directement sous mes ordres une fois que j'aurais pris mes fonctions officielles. Même si je connaissais le raisonnement derrière sa question, je voulais la forcer à le dire à voix haute. Parce que je n'avais pas encore pris mes fonctions et je ne le ferais pas avant mon retour. Je n'allais pas nier que le fait de savoir que j'allais devenir son patron ajoutait au désir. Le fait que notre désir allait devenir interdit ne faisait qu'alimenter son feu.

Susannah leva le menton, ne recula pas et ne détourna pas le regard. « Tu vas devenir surintendant de mon équipe. Il faut oublier cette nuit. »

Je soutins son regard et secouai lentement la tête. « Tu ne peux rien me faire oublier, et je sais que tu n'as pas oublié non plus. En fait, je pense qu'on devrait peut-être s'en refaire une. Ce soir. »

Ses lèvres s'entrouvrirent et son souffle siffla entre ses dents. Je supposais qu'elle s'attendait à ce que je sois facile à convaincre. Pas moyen. Je savais ce que je voulais. Elle. Nue dans mes bras.

Ses yeux s'assombrirent alors qu'elle me fixait. Pendant un moment, je pensai qu'elle allait me dire d'aller me faire foutre, mais elle se retint. Elle hocha la tête, à peine.

Attrapant son verre sur le bar, elle le but rapidement. « Suis-moi. »

« Après toi », répondis-je.

Elle s'éloigna, ses bottes de cow-boy claquant sur le plancher en bois alors qu'elle marchait rapidement devant moi, ses hanches se balançant à chaque pas.

Chapitre Deux

SUSANNAH

Je pouvais sentir la chaleur du regard de Ward sur moi alors que j'ouvrais la voie. En me faufilant à travers les tables, j'entendais à peine le bourdonnement des voix autour de nous. Le bar était bondé, mais nous aurions tout aussi bien pu être seuls dans cette pièce. Je tournai dans le couloir au fond, sans attendre de voir s'il me suivait bien. Mon corps le savait avec certitude. L'air entre nous était électrique de cette attraction que nous avions. Mes espoirs que ce feu entre nous se dissipe avaient été anéantis au moment où il avait passé la porte de la caserne l'autre jour.

Ward Taylor était encore plus sexy que la dernière fois que je l'avais vu. Je ne savais pas si c'était très objectif de ma part, mais c'était ce que mon corps me communiquait. Des boucles noires, toujours en bataille, et des yeux gris argenté, comme le ciel d'une journée orageuse. Un seul regard m'avait achevé. Son corps était sculpté à la perfection. Je me croyais immunisée contre des hommes comme lui. En tant que pompière, je passais mes journées avec des hommes au physique de dieu. Pourtant, pas un d'entre eux ne me faisait l'effet que Ward me faisait.

Ward amenait une pointe de danger, une force tranquille et une puissance frémissante sous la surface. À l'époque où je me formais avec lui, il gardait ses distances avec tout le monde. Oh, c'était un bon coéquipier, mais il y avait une partie de lui qu'il gardait secrète. Je sentais que quelque chose ou quelqu'un l'avait blessé, mais je n'avais jamais creusé la question.

Malgré mes efforts pour essayer de l'oublier, la nuit que nous avions passé ensemble me hantait encore. C'était tellement mieux que toute autre expérience sexuelle que j'avais jamais eue, je ne pouvais pas imaginer que quelque chose soit un jour comparable. Trois jours avec lui dans la caserne, à se frôler comme le silex et la pierre, encore et encore — chaque passage projetant une autre étincelle dans un feu qui ne voulait tout simplement pas s'éteindre.

Je n'arrivais pas à penser à autre chose qu'à la façon de gérer le fait qu'il soit mon nouveau patron, alors que je fondais presque à ses pieds chaque fois que nous étions près l'un de l'autre. J'allais avoir un moment de répit car Ward partait pour un mois, sa mère était malade. Cade et Levi aideraient jusqu'à ce que Ward puisse revenir. C'était ce qu'ils faisaient depuis qu'Al était parti à la retraite.

À l'heure actuelle, nous avions un coéquipier très en colère de ne pas avoir obtenu le poste de surintendant. Mais le reste de l'équipe était soulagée. Chad était un connard. À mon avis, Al aurait dû le virer, mais il ne l'avait jamais fait. Ward allait hériter de ce problème, même si j'avais l'impression qu'il était mieux placé pour le gérer que notre dernier surintendant.

Ward n'accepterait pas ses conneries. Le boulot sur

le terrain était un effort constant, et nous avions besoin de quelqu'un prêt à aider. J'étais triste d'apprendre que sa mère était en soins palliatifs, même si Ward ne montrait presque aucune émotion, mais ça me donnait un peu de répit pour décider comment j'allais le gérer.

Mais ce soir, je faisais la chose la plus folle que je pouvais imaginer. Au moment où Ward s'était approché et m'avait regardé, j'avais perdu la tête. J'avais tellement envie de lui. J'étais complètement folle d'avoir cédé, mais mon désir me submergeait avec une telle force que je ne pouvais pas l'ignorer. J'étais occupée à me dire qu'on pouvait y succomber et ensuite passer à autre chose.

Je ne connaissais pas bien la vie personnelle de Ward. Il avait peu d'amis quand nous nous formions ensemble. Il était silencieux et à la limite de la personne asociale. Contrairement à certains autres qui aimaient faire la fête et s'amuser, il faisait profil bas. Il n'avait aucune vie romantique. D'ailleurs, notre aventure épique d'un soir avait commencé quand il avait dit que nous ne nous reverrions plus jamais et que c'était parfait.

Je n'imaginais pas ce qu'il pensait de ce soir. Alors que je marchais dans le couloir, pour ce qui semblait être une éternité, je pouvais déjà sentir que ma culotte était trempée. Rien que de penser au souvenir de son membre en moi, chaque large centimètre dur, suffisait à me rendre folle.

Ward savait si bien utiliser ses mains, ses lèvres et sa langue qu'il m'avait laissé sur les rotules. Il s'était familiarisé avec chaque centimètre de mon corps, y compris mon intimité maintenant mouillée, avant de me baiser jusqu'à ce que j'oublie mon propre nom.

Peut-être qu'un tour de plus avec lui réduirait mon besoin en cendres.

Alors que je passais devant les toilettes, je m'arrêtai, me retournant pour le trouver derrière moi. Il marchait en longues foulées, rongeant la distance entre nous sans problème.

« Je vais passer aux toilettes rapidement, d'accord ? »

Ses yeux brûlaient alors qu'il hocha la tête. Il s'arrêta dans le couloir alors que j'entrais dans les toilettes, m'appuyant contre la porte pour reprendre mon souffle.

Je n'avais pas besoin d'aller aux toilettes, mais j'avais besoin d'un moment pour me reprendre. Je me regardai dans le miroir. Mes cheveux étaient un peu en bataille ce soir et mes joues étaient rouges. La présence de Ward suffisait à faire brûler mes joues. Prenant une profonde inspiration, je m'aspergeai le visage d'eau fraîche et me lavai les mains, mon corps fredonnant presque d'anticipation.

Quand je sortis, Ward était appuyé contre le mur en face de la porte, une main dans sa poche et l'autre ballante. Il portait un jean noir délavé, des bottes noires en cuir cabossé et un t-shirt bleu marine qui soulignait ses pectoraux sculptés et ses larges épaules. Ma bouche s'assécha et mon pouls s'accéléra en une saccade sauvage.

Mon souffle s'approfondit et mon sexe se contracta alors que je le regardais. Un mètre nous séparait. Il tendit la main et passa son doigt dans la boucle de ma ceinture, me tirant contre son corps dans un souffle rapide.

J'aimais me considérer comme une femme en charge de sa vie, de son destin, de son corps et de son esprit. La plupart du temps.

Sauf quand il s'agissait de Ward. Toutes mes défenses étaient réduites à néant dans la chaleur torride de sa présence.

Quand mon corps heurta le sien, je gémis presque. Je n'avais pas oublié à quel point il était bon — ferme, fort et puissant. Même son visage était puissant : une mâchoire carrée, des pommettes sculptées, la barre noire de ses sourcils sur ses yeux gris argenté, et un nez qui semblait avoir été cassé une fois, lui donnant un charme malicieux.

Ward n'aimait pas beaucoup sourire, ce qui rendait ses sourires dangereux. Comme maintenant. Ses lèvres se retroussèrent en coin et ses yeux se verrouillèrent sur les miens.

Ma respiration se coupa et mon ventre se serra.

Il ne dit rien. Une main glissa sur mes fesses et me tira fermement contre lui, la crête dure de son excitation pressant contre mon ventre et envoyant un jet de mouille dans ma culotte. Je ne savais pas s'il était réellement possible d'avoir un orgasme simplement en se tenant à côté de quelqu'un, mais si quelqu'un pouvait m'y amener, c'était Ward.

Il leva son autre main, écarta une boucle lâche de ma joue et la glissa derrière mon oreille. Je fus parcourue d'un frisson.

Je pouvais à peine respirer, mon corps palpitant d'impatience. En un éclair, il attrapa ma bouche avec la sienne. Il m'embrassa aussi hardiment que dans mon souvenir, sa main agrippant mes fesses alors qu'il balançait son excitation contre moi, dure et insistante au sommet de mes cuisses.

L'embrasser était comme brûler vive. Sa main s'emmêla rudement dans mes cheveux alors qu'il dévorait ma bouche. Sa langue s'en mêla alors qu'il se reculait pour mordiller ma lèvre inférieure. En quelques secondes, j'étais tellement prise par notre baiser que j'avais complètement oublié où nous étions, sortie de ma folie seulement quand j'entendis la porte du couloir s'ouvrir vers le parking.

Ma culotte était trempée et mon souffle était saccadé. Je me libérai et trébuchai en arrière. Mon regard se tourna sauvagement vers la porte en voyant entrer un groupe que je ne reconnaissais pas. Heureusement. Les chances que ce soit quelqu'un que je connaisse étaient élevées. J'étais née et j'avais grandi à Willow Brook et je connaissais presque tout le monde dans cette ville. Mais c'était le début du printemps et les touristes affluaient déjà en ville.

Le groupe traversa le couloir entre Ward et moi. Ses yeux ne quittèrent jamais les miens, mon regard revenait vers le sien comme un aimant. Son regard était si puissant que j'avais l'impression qu'il me touchait encore. Après que le groupe nous ait dépassés, leurs pas résonnant sur le parquet et les sons du bar filtrant dans le couloir, il se rapprocha à nouveau, attrapant ma main et m'attirant près de lui.

Mon cerveau essaya d'atteindre une pensée. Mais c'était comme si tous les signaux étaient brouillés, détraqués par le feu du désir entre nous. Collée à nouveau à lui, mes mamelons serrés, mon besoin vibrant sous ma peau, et ma respiration saccadée, j'étais incapable de parler.

« Allons-y », dit-il, sa voix bourrue envoyant un picotement le long de ma colonne vertébrale.

Je hochai la tête sans un mot. Il se retourna, ma main serrée dans la sienne. Je me rappelai soudainement ce que c'était que d'être dans ses bras — il y avait plus que du simple désir. Cet homme, tellement beau, tellement sexy qu'il en était dangereux, me faisait me sentir en sécurité. Même s'il y avait des murs, des murs que je ne savais pas comment escalader, je me sentais plus en sécurité qu'avec qui que ce soit dans ma vie.

Chapitre Trois

SUSANNAH

Un mois plus tard

La petite ligne bleue me fixait, distincte et claire. Il y en avait trois devant moi sur le comptoir de la salle de bain. Trois lignes bleues, toutes me disaient la même chose. J'avais un quatrième test de grossesse avec moi. J'étais peut-être folle, mais je voulais être sûre. En plus j'aimais bien le numéro quatre. Il était joli et pair. Je sortis le dernier test de la boîte. Mon cœur battait fort, l'anxiété me rongeait, j'étais presque en sueur. Je m'accroupis de nouveau au-dessus des toilettes — un autre moment indigne où j'essayais de diriger mon jet vers le petit bâton en plastique.

Remontant à nouveau ma culotte et mon leggings, j'observai immédiatement le test, observant la ligne bleue distincte apparaître. Je n'arrivais toujours pas à comprendre pourquoi ces quatre tests de grossesse me disant que j'étais enceinte. Mon esprit dégringolait sauvagement, les pensées se bousculant dans tous les sens, alors que j'essayais de donner un sens à toute cette histoire.

Je ne peux pas être enceinte. Ça doit être une erreur.

Va chez le médecin et tu verras que c'est juste une anomalie sur les tests de grossesse.

Mon esprit balançait ces idées d'avant en arrière, mais mon instinct réagissait autrement. Je n'avais jamais de retard sur mes règles, mais ça faisait une semaine que je les attendais. Comment avais-je pu tomber enceinte, bon sang ? Je repensais à cette nuit avec Ward, un peu plus d'un mois plus tôt. Nous avions utilisé un préservatif à chaque fois.

Je rougissais rien que d'y penser. Parce que cette nuit n'avait fait que surpasser mon autre nuit avec lui. Pendant les quatre années après la première fois, j'avais essayé de me convaincre que mes souvenirs étaient exagérés, que cette partie de jambes en l'air n'avait rien d'aussi extraordinaire.

Mes souvenirs étaient pâles en comparaison. Coucher avec Ward était un festin sensuel. La nuit entière était un flou de sensations. Nous ne nous lassions pas l'un de l'autre. Oh. Mon. Dieu. Il était incroyablement bon au lit, un mélange bouleversant de brute, exigeant et doux. Si vous m'aviez demandé si je voulais qu'un homme prenne le contrôle comme il l'avait fait, j'aurais ri à l'idée. Ward m'avait fait fondre, à l'intérieur comme à l'extérieur.

Je forçais mon esprit à sauter de ce train de pensées. Je n'avais pas besoin de me rappeler à quel point Ward m'excitait. Vraiment pas. Pas quand je faisais face à une réalité plutôt choquante. J'étais absolument certaine que nous avions utilisé un préservatif à chaque fois, mais j'avais fait quatre tests de grossesse et tous affichaient des lignes bleues accablantes sur le comptoir de la salle de bain. Je m'assis sur les toilettes, passant mes mains dans mes cheveux en un soupir.

J'irais chez le médecin pour en être absolument certaine. Mais les preuves étaient assez claires. J'étais presque sûre à cent pour cent d'être enceinte et Ward était le père.

Bouleversée, je me levai rapidement, sortant de ma salle de bain pour aller à un petit bureau dans le coin du salon. En ouvrant mon ordinateur portable, je cherchais bêtement *peut-on tomber enceinte avec un préservatif ?*

Génial, tout simplement génial. D'après ma fidèle recherche internet sans faille, même si nous avions parfaitement utilisé un préservatif à chaque fois, il y avait toujours 2 % de chances de grossesse. La statistique globale était encore plus horrible. Dans la vraie vie, les préservatifs étaient efficaces quatre-vingt-cinq pour cent du temps. Parce que ces statistiques traduisaient à quel point les gens prêtaient attention aux détails quand ils étaient tellement excités qu'ils étaient prêts à exploser.

Avec un lent soupir, je fermai mon ordinateur portable et me penchai en arrière sur ma chaise. Je jetai un coup d'œil autour de moi. J'adorais ma petite maison. Mon père m'avait aidé à la construire il y a quelques années. Ma famille possédait beaucoup de terres autour de Willow Brook et dans la ville. Ma maison était construite sur quelques hectares non loin de la maison de mes parents. Mon père et moi avions construit une jolie cabane en forme de A avec des passerelles aux deux étages. Le salon du rez-de-chaussée était lumineux et aéré avec des fenêtres couvrant tout le mur avant et donnant sur un champ en bordure du lac aux Cygnes, au loin.

La cuisine donnait vers l'arrière du rez-de-chaussée

avec une salle de bain et une buanderie d'un côté. À l'étage, il y avait une mezzanine avec deux chambres et une salle de bain. L'espace était lumineux et ouvert par un design moderne et épuré. Je voulais un chien, mais j'attendais encore parce que j'avais l'impression que mon style de vie ne convenait pas très bien à un chien. En tant que pompière en milieu naturel, j'étais absente plusieurs semaines d'affilée pendant les mois d'été.

Tout d'un coup, mon esprit passa d'un chien à un bébé. La première pensée qui me traversa l'esprit fut le soulagement d'avoir déjà deux chambres car il y aurait une chambre pour le bébé. Mes pensées s'arrêtèrent brutalement, et c'était un miracle que je ne me sois pas fait le coup du lapin rien qu'avec la force de l'arrêt.

À quoi diable pensais-je ? Est-ce que je pensais sérieusement à garder le bébé ?

Apparemment, oui. La gravité de ma situation me frappait et je perdis mon souffle pendant un moment. J'irais chez le médecin pour en être absolument certaine, mais quatre tests de grossesse criaient haut et fort un simple fait : j'étais enceinte.

Je savais sans aucun doute que Ward ne s'y attendrait pas. Nous avions utilisé une protection à chaque fois. Cette nuit était censée n'être que ça : une nuit, avant d'oublier. Le lendemain matin, il m'avait préparé du café, et l'ambiance était détendue et tranquille. D'une certaine manière, je m'étais convaincue qu'on reprendrait nos vies sans hoquet. Nous étions même assez matures sur le sujet.

J'avais dit : « Alors, quand tu reviens, on oublie tout ça, n'est-ce pas ? »

Ses yeux gris argenté brillaient. « Bien sûr. »

Maintenant, j'étais enceinte et il revenait demain. C'était bien plus compliqué que ça.

Chapitre Quatre

WARD

« Voilà », déclara Rex Masters en me tendant une tasse de café.

Je pris une gorgée rapide, savourant le goût.

« Merci », dis-je avec un hochement de tête.

Rex contourna son bureau, faisant un geste vers la chaise en face du bureau alors qu'il s'asseyait. Je me glissai dans la chaise, m'appuyant en arrière et étirant mes épaules pour soulager la tension qui s'y était accumulée depuis un mois.

J'avais enterré ma mère une semaine plus tôt et mon jeune frère était arrivé en retard aux funérailles. J'essayais de me souvenir de la dernière fois qu'il avait vu notre mère avant sa mort. Mais je ne pouvais pas parce que je ne voulais pas m'attarder sur le passé.

Après la douleur d'avoir perdu ma mère suite à son cancer, j'avais dû faire face à la colère de Dwight. Pour sa défense, je pense qu'il se sentait mal de ne pas avoir pris la peine de venir voir notre mère à l'hôpital. J'étais proche de ma mère, mais le reste de ma famille n'était pas particulièrement soudée. La chose qui nous liait était l'argent, beaucoup d'argent.

Pour cette raison seule, je n'aurais pas dû être surpris par l'arrivée de Dwight. Le père de Dwight avait épousé ma mère pour son argent et avait été furieux quand il n'avait rien récupéré pendant le divorce. Ce détail avait été très difficile à digérer pour Dwight toutes ces années. Une partie de moi aurait été soulagée si elle avait tout laissé à Dwight, ne serait-ce que pour effacer sa colère une fois pour toutes. Pourtant, même si ce n'était pas ma responsabilité, je ne voulais pas voir Dwight gaspiller tout ce dont il aurait hérité.

Le testament de ma mère était très intelligent. Elle n'était pas rancunière, c'est pour ça que ça m'avait vraiment énervé que Dwight l'ignore toutes ces années. Elle lui avait laissé l'une des maisons familiales et un immense terrain à Bozeman, dans le Montana, ainsi qu'un petit livret qui sera supervisé par un notaire. Le fait que le liquide qu'elle lui laisse soit supervisé l'énervait profondément. J'avais dû l'écouter râler pendant des jours.

Dieu merci, elle avait eu le bon sens de garder ma part de l'héritage privé. Dwight ne pouvait qu'imaginer ce dont j'avais hérité, bien qu'il ait fait de nombreux commentaires tranchants sur le fait que je n'aurais plus jamais à travailler de ma vie. Comme si j'avais envie d'être aussi paresseux.

J'aimais mon travail, et en ce moment, j'en avais besoin. Sortir travailler me permettrait de me sortir des labyrinthes de ma tête.

Ce dernier mois avait été difficile. Il y avait un souvenir que je revisitais souvent quand je voulais me sortir de ce qui me faisait tant de mal : ma dernière nuit avec Susannah. Je savais que c'était mieux de garder un mur entre nous. Mais ce n'était pas du tout ce que je voulais.

Je forçai mon attention vers Rex, prenant une autre gorgée de café. Rex Masters était le chef de la police de Willow Brook. La caserne de pompier de Willow Brook partageait la station avec la police, et Rex dirigeait la station en soi. En tant que surintendant de l'une des trois équipes basées ici, il m'incombait d'apprendre à le connaître.

Rex était facile à vivre, toujours avec un sourire volontaire, qu'il me lançait d'ailleurs. « Content de te voir. Je suis désolé pour ta mère », dit-il, le regard sombre.

Je pris une gorgée de café pour gagner du temps et parvins à hocher la tête. « Merci. Elle comptait beaucoup pour moi. Ce n'était pas une surprise, même si le timing était mauvais. »

Rex hocha poliment la tête. Je faisais confiance à Rex rien que pour ce qu'il dégageait. Même si je n'étais pas du genre à partager grand-chose sur ma vie personnelle, j'avais appris au fil des ans que si vous ne partagiez rien, les gens se posaient plus de questions. J'avais appris à naviguer sur la limite en donnant juste ce qu'il fallait.

« On lui a diagnostiqué un cancer du sein il y a deux ans. Elle l'a combattu, mais c'était dur. On savait que ce n'était qu'une question de temps. Elle n'a pas souffert à la fin, et c'est tout ce qui comptait pour moi. »

Rex restait calme, son regard chaleureux, avant de hocher lentement la tête. « Eh bien, c'est le mieux qu'on puisse espérer dans ce genre de situation. Tu as de la famille ? »

« Un frère. » Je ne proposai pas plus de détails.

Rex n'insista pas non plus. Comme le père de Dwight, mon père avait épousé ma mère pour l'argent de sa famille. Contrairement au père de Dwight, mon père avait obtenu une part du gâteau lors du divorce et nous n'avions plus jamais entendu parler de lui. J'avais très peu de souvenirs de lui et ça me convenait parfaitement.

Je n'expliquais rien de tout cela à Rex, hochant simplement la tête, le remerciant d'avoir demandé et passant habilement à autre chose. « Donc, si je comprends bien, tu es le centre névralgique de la station », commentai-je.

Rex gloussa, ses yeux se plissèrent en rides dans les coins. « On peut dire ça, même si je dirais qu'en vrai c'est Maisie. Tu l'as rencontrée quand tu es venu le moins dernier, n'est-ce pas ? »

« Bien sûr. C'est la dispatcheuse principale, c'est ça ? »

« C'est ça. Sa grand-mère a été notre répartitrice pendant des années. On a quelques alternants, mais Maisie est la seule dispatcheuse à temps plein. La caserne d'Anchorage couvre la ligne pendant les gardes de nuit et on a quelqu'un le week-end. Si tu n'as pas fait le lien la dernière fois, Maisie est mariée à Beck Steele, l'un des autres pompiers », expliqua-t-il.

« Ah, oui. Le groupe a l'air assez lié. » Je savais également que l'un des autres surintendants, Cade Masters, était le fils de Rex.

Rex se pencha en arrière, alors qu'il avait l'air de réfléchir. « En effet. Tu as signé un contrat de deux ans. »

Ses mots étaient une affirmation, mais je pouvais sentir la question qu'ils contenaient.

« Oui. J'aime ce travail. Je suis venu ici un été avec une équipe du Montana et j'ai adoré la région. Quand j'ai vu que le poste était disponible, j'ai décidé de sauter sur l'occasion. »

Rex me regarda pensivement. « Bien. On a

demandé un minimum de deux ans parce que c'est une communauté très unie, et relativement isolée. Il nous faut un superintendant déterminé à rester ici pour un moment. »

« Compris. Je ne conteste pas les deux ans. »

« J'ai entendu de Susannah Gilmore que vous vous êtes formés en Californie ensemble », commenta-t-il.

La simple mention du nom de Susannah envoya un pic d'énergie à travers mon corps. Si j'étais honnête avec moi-même, j'avais hâte de la revoir. En fait, j'avais déjà trouvé un raisonnement selon lequel nous devions continuer à passer des nuits comme celle que nous avions vécu le mois dernier.

Mais je ne pouvais pas exactement dire ça à Rex. Au lieu de ça, je hochai la tête poliment et je pris une gorgée de café.

« Susannah est une excellente pompière. Tu seras heureux de l'avoir dans ton équipe », déclara Rex en posant son café. Il ramassa un stylo et le fit tournoyer entre ses doigts. « Je suppose qu'il faut que je t'explique quelques dynamiques d'équipe. L'un des avantages avec le fait que je sois dans le département de police, c'est que j'ai un certain recul. Je sais généralement ce qui se passe. Chad Meyer a causé des problèmes ces derniers temps. Franchement, il cause des problèmes depuis qu'il a été embauché. Je dirais qu'il n'est pas du genre à jouer collectif. C'est un con. C'était un peu un problème avec Susannah à un moment donné, il essayait de la convaincre de sortir avec lui, mais elle gardait ses distances. Quand Al a pris sa retraite, Chad a demandé son poste. Mais il n'a aucune idée de la manière dont le reste de l'équipe le perçoit, il ne se rend pas compte qu'il n'avait aucune chance de mener l'équipe. J'ai déconseillé qu'on perde notre temps avec un entretien », expliqua Rex.

« Donc, je suppose qu'il n'est pas ravi de mon arrivée », proposai-je.

« Oh, ce n'est pas toi. C'est le poste. Peu importe qui le prenait, il allait se comporter comme un con. Pour être franc, je pense qu'Al aurait dû le virer il y a longtemps, mais je pense qu'il a décidé de le supporter parce qu'il était sur le point de partir. Al est un gars formidable. Il s'est blessé il y a environ un an et a perdu l'amour du travail. Je voulais te prévenir pour Chad parce que je pense que tu vas vouloir t'occuper de lui le plus tôt possible. À part lui, tu as une équipe solide. »

« Merci de m'avoir prévenu. » Je finis mon café et me levai, croisant le regard de Rex. « J'apprécie que tu sois aussi direct avec moi. Je vais essayer de m'en occuper rapidement. Pour être honnête, je n'ai aucune patience pour ce genre de comportement. Soit, tu fais partie de l'équipe et tu joues ton rôle, soit tu ne fais pas partie de l'équipe. »

Rex hocha la tête. « Ça me paraît un bon état d'esprit. Je te soutiendrai s'il essaie de faire des conneries entre-temps. »

Je hochai la tête, même si mes pensées dérivaient déjà vers Susannah. Entendre que ce type l'avait fait chier me donnait envie de la protéger. Ça me rendait furieux de penser que ce con avait essayé de draguer Susannah. Ce train de pensées aurait dû me mettre la puce à l'oreille, mais non. Je ne me rendais même pas compte que j'étais sans doute dans la même catégorie. Mais Susannah m'empêchait toute pensée rationnelle.

Un seul mot me venait à l'esprit quand je pensais à elle.

Mienne.

Chapitre Cinq

SUSANNAH

Je regardai Ward traverser le parking de la caserne, ses boucles noires ébouriffées et ses yeux argentés me transperçant à une bonne vingtaine de mètres — ridiculement sexy et vraiment dangereux pour ma santé mentale.

Il était de retour à Willow Brook depuis deux jours maintenant, et par pure chance, j'avais réussi à éviter d'être seule avec lui. Il avait organisé des rendez-vous avec chaque membre de l'équipe, ce qui m'incluait. J'avais supplié avec l'excuse d'un rendez-vous chez le médecin — une excuse entièrement réelle. J'avais vraiment un rendez-vous chez le médecin. Mais s'il savait pourquoi il deviendrait fou.

Le docteur Jenkins avait confirmé ce que mes quatre tests de grossesse m'avaient déjà dit : j'étais enceinte. Elle avait estimé que j'étais à environ quatre semaines. C'était facile de savoir quand j'étais tombée enceinte, vu que je n'avais couché qu'avec une seule personne de toute l'année, même si je ne lui avais pas partagé ce détail plutôt déprimant.

C'était ma gynéco depuis des années maintenant,

donc elle me connaissait assez bien. Quand elle m'avait demandé si j'étais pressée, j'avais immédiatement fondu en larmes. À ce moment-là, elle s'est rendu compte que cette grossesse n'était pas prévue du tout.

Elle m'avait gracieusement demandé ce que je voulais faire et m'avait soigneusement expliqué mes options. Il y avait un moment dans ma vie où j'aurais considéré plusieurs options. Même si j'étais perdue et peu certaine de ma situation, je savais avec certitude que je voulais garder ce bébé. Et ça ? Ça me mettait vraiment dans la merde.

Je n'aimais pas mentir. J'étais une personne directe, préférant aller droit au but et couper court aux détours. Pourtant, je ne savais pas comment en parler à Ward. Du tout.

Sans oublier que je ne savais pas comment gérer l'étincelle entre nous qui refusait tout simplement de mourir. Chaque fois que je le croisais à la caserne, mon corps devenait électrique. J'étais parcourue d'étincelles. Et ses yeux, ces yeux argentés qui me regardaient en brillant, la chaleur qu'ils contenaient me brûlait de l'intérieur et de l'extérieur.

Son regard commençait à me donner l'impression qu'il n'avait aucune intention d'oublier ce qui s'était passé entre nous. Il ne savait pas qu'il y avait une raison énorme de ne plus jamais oublier.

Ward s'arrêta à quelques mètres de moi, sa présence déclenchant une vibration subtile dans mes os. C'était un homme fort avec une présence puissante, tout en muscle et autorité langoureuse. Il ne roulait pas des mécaniques comme certains hommes, ceux qui ont besoin de prouver qu'ils sont chefs. Il était tellement confiant, suintant de masculinité et de contrôle.

Au moment où mon regard se heurta au sien, je dus

reprendre mon souffle alors que mon pouls s'accélérait. Il me fixa, ses yeux verrouillés sur les miens et son regard bien trop insistant pour mon confort.

« Salut », réussis-je à dire, ce seul mot sortant dans un souffle.

Il resta silencieux un instant, arquant un sourcil. « Tu n'es toujours pas venue me voir », souligna-t-il, une évidence.

Je hochai la tête. « Je sais. Désolée. J'avais vraiment un rendez-vous chez le médecin. »

J'étais extrêmement soulagée de ne pas avoir menti sur ce détail. La vérité mise à part, j'étais tellement mal à l'aise de la raison du rendez-vous chez le médecin, que je ne savais pas quoi dire d'autre.

Nous fûmes interrompus par la porte arrière de la station. Cade et Beck sortirent. Ils se séparèrent, chacun se dirigeant vers son véhicule respectif. Cade jeta un coup d'œil par-dessus son épaule, faisant un signe de la main juste au moment où Beck disait au revoir. Je les regardai monter dans leurs pickups et partir.

Ward et moi étions de nouveau seuls, un fait que mon corps ne me laissait pas oublier. Des papillons tournaient dans mon ventre et un besoin liquide coulait dans mes veines. L'effet qu'il avait sur moi était embarrassant.

« Dîne avec moi », dit-il, sa voix bourrue envoyant un frisson sur ma peau.

Comme une idiote, je hochais la tête avant même que je réfléchisse à ce que ma réponse aurait dû être. J'aurais vraiment dû dire non. En fait, ce que j'aurais dû faire, c'est demander à être affectée à une autre équipe.

Bien sûr, ça ne résoudrait pas le problème gigantesque qui se profilait devant moi. Je devais trouver un moyen de dire à Ward que j'étais enceinte et que je prévoyais de garder notre bébé, un bébé dont j'étais à peu près certaine qu'il ne voulait pas.

Avant que je puisse me ressaisir et faire marche arrière, sa bouche se courba en un sourire. Putain. Il était dangereux pour moi, avec un côté sombre et brut. Ajoutez même un soupçon d'humour, et je n'avais aucune envie de lui résister. Je ne voulais même pas essayer. Mon ventre se retourna, et mon sexe se contracta.

La présence de Ward tirait les ficelles de mon corps comme rien d'autre.

« Où ? », demanda-t-il.

Je me démenais toujours pour rectifier mon hochement de tête, mais je me dis que j'aurais l'air encore plus ridicule si j'essayais de dire non maintenant. Je faillis dire Wildlands, mais si nous croisions un collègue, ce serait bien un soir.

« Le Firehouse. Tu y as déjà été ? »

« Ouais. J'ai retrouvé quelques-uns des gars là-bas pour prendre un café ce matin. Allons-y », dit-il en se retournant et en commençant à se diriger vers sa voiture.

Je restai en place, les pieds enracinés au sol, parce que je n'arrivais pas à fonctionner comme un être humain normal quand il était là. Jetant un regard vers moi, Ward désigna son pickup du menton.

« Je te retrouve là-bas », dis-je rapidement.

C'est bien, ma fille. Regarde-toi ! Tu sais encore parler.

Je n'aimais vraiment, vraiment pas à quel point il me perturbait.

« Je te déposerai plus tard », répondit-il sans hésiter.

Ses mots sortirent comme une déclaration plutôt qu'une question. Il était clair qu'il ne s'attendait pas à ce que je le contredise. En temps normal, j'aurais refusé. Il était autoritaire et un peu trop dominateur pour moi.

Sauf au lit.

C'était mon côté coquin. Juste au moment où je commençais à débattre dans ma propre tête, mes pieds commencèrent à marcher dans sa direction. Mon cerveau n'était clairement pas le moteur de cette équation.

Ward, bien sûr, avait un pickup noir avec toutes les fonctionnalités que vous pouvez imaginer. Ça lui correspondait parfaitement. Le court trajet entre la caserne et le Firehouse Café fut silencieux, l'air dans la voiture était chargé. Je luttais contre mon désir, luttant pour reprendre le contrôle de ma tête. Malgré tous mes efforts, ça semblait être une cause perdue.

Ce n'était qu'une partie du problème cependant, car j'étais assise là à côté avec un secret, un très grand secret.

Quand on arriva au Firehouse Café, je commençais à sortir toute seule, mais il se déplaça comme l'éclair. Avant que je m'en rende compte, il était à ma porte en train de l'ouvrir, l'élan de mon mouvement complètement volé par le sien.

« J'aurais pu gérer, tu sais », dis-je en levant les yeux pour croiser son regard.

Ses lèvres se plissèrent, une lueur joueuse pénétrant ses yeux. « Je sais », dit-il simplement.

On traversa le parking et quelque part en chemin, sa main se posa sur le bas de mon dos, la chaleur de son toucher me brûlant presque. Ward me faisait un effet étrange. Je ne me serais pas normalement décrite comme une femme qui voulait qu'un homme s'occupe d'elle. Mais Ward me donnait envie de ça. Ce simple geste, sa main sur mon dos, me faisait me sentir comme englobée par lui, et lui seul.

Je voulais repousser ce sentiment et lui dire d'arrêter d'être ridicule. Bon sang. J'avais tellement de batailles internes en cours, comme un orage dans mon cerveau. Si seulement Ward savait tout ce à quoi je pensais. Il penserait que j'étais ridicule.

Je *savais* que j'étais ridicule.

Chapitre Six

SUSANNAH

Le carillon tinta lorsque Ward poussa la porte, la tenant ouverte et me faisant signe de passer. La familiarité de l'espace apaisa la tension dans mes pensées. Le Firehouse Café existait depuis aussi longtemps que je me souvienne. J'examinai la pièce alors que nous entrions, vérifiant par réflexe si je connaissais qui que ce soit ici. Non pas qu'il serait particulièrement inapproprié pour moi de dîner avec Ward. Passer du temps avec l'un des gars de mon équipe serait parfaitement normal.

Mais j'étais agitée, anxieuse que mon attirance pour lui soit flagrante pour quiconque me connaisse. Je poussai un soupir de soulagement en ne voyant personne d'autre que Janet James, la propriétaire du café et une amie proche de mes parents. Elle était occupée avec des clients au comptoir. Il y avait quelques connaissances à certaines tables, mais personne que je connaissais bien. Je me détendais légèrement.

Ward commença à s'approcher du comptoir, mais

je le poussai du coude. « Quelqu'un viendra prendre notre commande si on prend une table », expliquai-je.

Il hocha la tête et me suivit alors que je visais directement une table dans le coin le plus éloigné. Le Firehouse Café porte bien son nom car il était installé dans l'ancienne caserne de pompiers de Willow Brook. Le garage d'origine avait été rénové en un café chaleureux et invitant avec une cuisine ouverte et un comptoir d'un côté et des tables de l'autre. Janet avait taché le vieux sol en béton d'une douce couleur bleue et avait éparpillé des tapis partout, et des nappes sur les tables. L'espace était décoré de couleurs vives avec des fleurs d'épilobe peintes sur les poteaux de pompiers et des œuvres d'art d'artistes locaux sur les murs. L'espace avait une atmosphère joyeuse et détendue.

Je m'assis dans un coin, retirant ma veste et jetant un coup d'œil à Ward alors qu'il se glissait dans le fauteuil en face de moi. Un facteur que je n'avais pas pris en compte lorsque j'avais suggéré ce lieu était l'étroitesse des tables. Alors que je me tortillais sur ma chaise, mes genoux heurtèrent les siens. Ce contact subtil et le coup d'œil qu'il me jeta envoyèrent une secousse chaude dans tout mon corps. Je le regardai, sur le point de m'excuser par réflexe, et ma bouche s'assécha. Il était à moins d'un mètre de l'autre côté de la table, son regard brûlant fixé sur le mien.

Ward n'avait pas peur de regarder les gens dans les yeux. Je devais détourner le regard, ne serait-ce que parce que j'avais soudainement trop chaud et que je pouvais sentir mes joues rougir. Je faillis soupirer de soulagement lorsque Janet s'approcha de notre table.

« Hé, Zanna », dit-elle, utilisant un surnom que seuls elle et quelques autres amis et membres de ma famille utilisaient.

Je levai les yeux avec un sourire, rencontrant son

regard brun brillant. Elle avait un air chaleureux et maternel, même si elle n'était pas une personne particulièrement douce. Elle dirigeait ce café toute seule depuis des années, depuis la mort de son mari. Elle avait des nerfs d'acier et était débrouillarde comme personne. Elle avait aussi un cœur assez gigantesque pour englober à peu près le monde entier.

Ses yeux passèrent de moi à Ward. « Eh bien, bonjour, Ward. C'est un plaisir de te revoir. »

Il hocha la tête, un léger sourire tirant sur un coin de sa bouche. Janet était plutôt irrésistible. Si quelqu'un pouvait pousser Ward à s'ouvrir, c'était Janet. Ce n'était même pas ce qu'elle avait l'intention de faire, c'était simplement l'effet qu'elle avait sur tout le monde.

« J'espère que tu trouves tes marques », ajouta-t-elle.

Le sourire de Ward s'étendit à l'autre coin de sa bouche, remplissant mon ventre de papillons.

« Pour l'instant, ça va », commenta-t-il. Ses yeux se posèrent sur moi. « Donc Zanna ? », demanda-t-il, une lueur joueuse dans les yeux.

Janet rit et je levai les yeux au ciel dans sa direction. « C'est comme ça que Janet m'appelle. Peu de gens l'utilisent », proposai-je.

Les yeux de Ward ne perdirent pas leur éclat, et je savais qu'il avait l'intention de réutiliser ce surnom. Un petit éclair de chaleur me traversa. Seuls mes proches utilisaient ce nom. Je ne savais pas quoi penser.

J'avais rangé Ward dans un compartiment de ma tête. Même si j'avais été assez intime avec lui, je n'aurais jamais pensé le revoir. Même si je ne pourrais jamais oublier cette nuit-là. L'avoir ici, le voir entrer en collision avec mon monde à des niveaux que je n'avais jamais envisagés... Eh bien, c'était pour le moins déconcertant.

J'étais soulagée que Janet continue de poser quelques questions à Ward sur son déménagement à Willow Brook. Je savais à quel point elle était perspicace, il était donc peu probable qu'elle ait raté la tension entre lui et moi. Après cette petite discussion, elle se remise au travail. « Qu'est-ce que ce sera ce soir ? »

« Je vais prendre un burger au saumon et des frites de patates douces. Tu veux voir un menu ? », demandai-je en croisant le regard de Ward.

« Pas besoin. Je vais prendre la même chose. Ça me paraît super. »

« Quelque chose à boire ? », demanda Janet.

Pendant une seconde, j'étais sur le point de commander un verre de vin, puis je me souvins que j'étais enceinte. Oh mon Dieu. Ça ne me dérangeait pas de ne pas boire, mais j'étais tellement hors de mon élément. « Non merci. Juste de l'eau pour moi »

Ward me regarda. « Tu es sûre ? »

« Oh, oui. Longue journée, et j'ai soif. »

Il commanda une bière et Janet partit quand quelqu'un l'appela. Il s'adossa à sa chaise, posant une main sur sa cuisse et un coude sur le dossier de sa chaise.

Mes yeux étaient attirés par sa main qui pendait de la chaise. Même détendu, il dégageait une telle force. Il avait quelques cicatrices sur les mains. Alors que mes yeux parcouraient ses muscles, de sa poitrine à ses épaules, je ne pus m'empêcher de remarquer que ses vêtements épousaient parfaitement son corps. Mon souvenir de son corps était frais — de la sensation sous mes doigts, chaque centimètre affiné par la vie dure et la force robuste qui lui étaient demandées en tant que pompier de milieu naturel.

Mes yeux se posèrent sur les siens et je rougis de la tête aux pieds. Il avait à nouveau ce regard passionné. Ce qu'il a dit ensuite me fit sursauter.

« J'ai menti. »

« Hein ? » fut ma brillante réponse.

Ses lèvres se tordirent, ses yeux brillèrent à nouveau et me firent à nouveau chavirer.

Je m'embrouillai et me forçai à être un peu plus cohérente. « À propos de quoi ? »

Wôw. Quatre mots complets cette fois.

« Quand j'ai dit que j'oublierais la première nuit qu'on a passé ensemble, puis la suivante. Je ne peux pas et je ne veux pas », dit-il sans détours, son regard glissant de mon visage sur mes seins et remontant.

Il aurait aussi bien pu me toucher. Mes tétons se contractèrent presque instantanément à la brûlure de son regard. Un serveur arriva au bon moment pour servir mon eau et la bière de Ward. J'attrapai mon verre et le vidai immédiatement avant de le rendre. « J'aurais besoin de la même chose. »

Le serveur, un lycéen, me jeta un regard écarquillé, mais s'en remit vite. Il souleva le pichet d'eau sur son plateau et remplit rapidement mon verre. « Rien d'autre ? », demanda-t-il.

À mon hochement de tête, il partit, promettant d'apporter nos plats dès qu'ils seraient prêts. Le regard de Ward ne m'avait jamais quitté et j'avais chaud partout. Je pris une autre gorgée de mon eau, cette fois un peu plus contrôlée, et reposai mon verre. « Eh bien, tu vas devoir oublier », dis-je finalement.

L'intensité du regard de Ward s'accentua alors qu'il secouait lentement la tête. « Rien ne m'y oblige. » Il but une gorgée de sa bière en me considérant. « Pourquoi tu mens ? »

« Je ne mens pas. »

« Tu fais comme si tu pouvais oublier. Je ne te crois pas », dit-il catégoriquement.

D'accord, je ne savais pas vraiment où Ward voulait en venir, mais s'il voulait un moment de vérité, je pouvais aussi bien me lancer. Je pris une profonde inspiration et laissai sortir la vérité.

« Je suis enceinte. »

Je ne pouvais pas dire que j'étais heureuse, mais au moins pour une fois, j'avais ébranlé l'inébranlable Ward. Ses yeux s'élargirent et il recula un peu, presque comme si je l'avais frappé verbalement.

Il secoua légèrement la tête, plissant les yeux. « Quoi ? », demanda-t-il, un seul mot clair et net.

Mes joues étaient chaudes, mais ça empira. Je ne faisais jamais demi-tour quand j'avais commencé quelque chose. J'étais du genre à me débarrasser d'une corvée d'un seul coup. « C'est tout. Je suis enceinte. »

Il prit une gorgée de sa bière, en buvant presque la moitié. Le posant soigneusement, sa main toujours enroulée autour du verre, il pencha la tête sur le côté. « J'imagine que tu vas me dire que je suis le seul homme avec qui tu as couché depuis un mois. »

La colère éclata en moi. « Écoute, je ne sais pas ce que tu penses de moi, mais je ne fais généralement pas ce que j'ai fait avec toi. D'ailleurs, tu es le seul homme avec qui j'ai jamais... » Mes mots s'emmêlèrent.

« On a tellement baisé qu'on a presque pris feu », offrit-il d'un air sombre.

Ses mots envoyèrent un autre éclair de chaleur dans mon corps, de pur désir. Cette émotion entra en collision avec ma colère comme du gaz contre une flamme. Je pris une profonde inspiration, essayant de me calmer.

« Je ne vois personne et tu es le seul homme avec qui j'ai couché cette année. » Je m'arrêtai, ennuyée d'avoir laissé échapper ce détail. Mais bon sang, cette discussion était déjà un échec cuisant, alors je devais m'en remettre. « Il n'y a qu'un seul homme qui pourrait être le père, et c'est toi. Ne me jette pas la faute. On a utilisé des protections. »

« Bah, carrément, ouais. Je sais bien », déclara-t-il catégoriquement. « Qu'est-ce qui s'est passé ? »

J'étais soulagée qu'il n'insiste pas sur l'idée que j'aurais pu être avec quelqu'un d'autre. Il semblait l'avoir dépassée rapidement, mais Ward n'était alors pas du genre à chercher la petite bête.

J'appuyai mes coudes sur la table, passant mes mains dans mes cheveux, puis posant mon menton sur une main et enroulant une mèche de cheveux autour de mon doigt.

« Eh bien, rien ne fonctionne à cent pour cent, à part l'abstinence », proposai-je.

Ward but une autre gorgée de sa bière, son regard sombre alors qu'il hochait lentement la tête. Je ne savais pas à quoi je m'attendais, mais j'étais prête à ce qu'il me dise d'aller me faire foutre. Non pas que j'avais une raison de penser qu'il le ferait. Il semblait choqué, mais il ne semblait pas en colère, et pour ça, j'étais soulagée.

Chapitre Sept

WARD

La lumière du café traversait les boucles de Susannah, ces magnifiques cheveux blond vénitien, alors qu'elle les enroulait autour d'un de ses doigts. D'un autre doigt, elle traça des tourbillons dans l'humidité perlée de son verre d'eau.

Je pris une autre longue gorgée de ma bière. Elle était tellement magnifique. En regardant ses grands yeux bleus, je me souvins à quel point ils devenaient sombres quand elle se déchaînait dans mes bras. Ma bite trembla.

C'était ridicule. Voilà que je bandais alors que cette femme venait de me dire qu'elle était enceinte. Quel. Est. Mon. Problème.

Je rassemblai ma raison. J'étais sous le choc. Les préservatifs étaient presque une religion pour moi, ils m'accompagnaient partout. Bon sang, je n'avais jamais eu de relations sexuelles non protégées. Pas une seule fois. Jamais.

Même quand j'étais adolescent, j'étais responsable. Je n'y avais peut-être pas beaucoup réfléchi, mais je savais très bien qu'il était important de se protéger. Donc je le faisais, et ça n'avait pas suffi.

Susannah était enceinte.

Il était évident que ça l'inquiétait de me le dire. J'imagine qu'elle était stressée. Quoi que je pense, je savais qu'elle n'avait rien fait d'intentionnel. Elle avait l'air aussi secouée que moi. Elle avait été tout aussi sérieuse que moi sur l'utilisation de préservatifs.

Je savais qu'il n'y avait aucune garantie dans la vie, encore moins dans le sexe. Mais je ne m'étais jamais attendu à ça.

Alors que je fixais Susannah, réfléchissant à ce que je pouvais dire, notre serveur arriva avec notre nourriture, plaçant les assiettes devant nous. « Besoin d'autre chose ? », demanda-t-il.

« Une autre bière, s'il vous plaît », dis-je.

« Je reviens tout de suite », répondit-il avant de s'éloigner.

Susannah semblait attendre que je dise quelque chose. Je n'avais pas dit grand-chose depuis son annonce explosive. Une image me vint à l'esprit : Susannah enceinte, son ventre rond et ses seins — ses seins parfaits dodus et ses mamelons rose sombre — encore plus pleins qu'ils ne l'étaient déjà.

Mince. Ma bite durcit à cette pensée. Qu'est-ce qui me prenait ?

« Tu veux en parler ? », demanda finalement Susannah, s'éclaircissant la gorge quand sa voix devint grave.

J'essayai de penser à comment en parler, mais j'étais perplexe. « Je ne sais pas quoi dire, peut-être qu'on devrait juste manger pour l'instant. »

Elle me regarda un long moment, les sourcils froncés. « Je suis désolée. »

« Pour quelle raison ? »

« Eh bien, je veux dire, je sais que tu n'avais pas prévu que je tombe enceinte. »

« Tout comme je sais que tu n'avais pas prévu de tomber enceinte », répliquai-je.

Mon ton calme ne traduisait pas la confusion qui m'habitait, mais pour le moment, je ne pensais pas pouvoir réfléchir aux choses compliquées, donc je me concentrais sur les choses simples.

Un air de soulagement traversa son visage et ses épaules tombèrent avec un soupir. « Non, non, ça c'est sûr », dit-elle doucement.

Notre serveur revint encore une fois, prenant ma bouteille vide et me tendant une bière fraîche. J'en pris une gorgée, la posai et soutins son regard. Je ne savais peut-être pas quoi dire pour le moment, mais si elle voulait parler, j'essaierais de me débrouiller. « Si tu veux parler... »

Ses lèvres se plissèrent alors qu'elle haussait les épaules. « C'est bon. C'est autant un choc pour moi que pour toi. J'ai eu quelques jours pour m'habituer à l'idée. »

Là-dessus, elle souleva son hamburger et prit une bouchée. J'emboîtai le pas, découvrant rapidement qu'un dîner décontracté ici était absolument délicieux. Le saumon du burger était déglacé au sirop d'érable et à la moutarde au miel. C'était incroyablement délicieux.

Janet, que j'avais maintenant rencontrée deux fois, nous rejoint un moment. Elle me questionna sur presque l'entièreté de ma vie jusqu'à aujourd'hui. Je n'y avais pas pensé avant, mais je commençais à comprendre que les gens ici n'hésitaient pas à poser des questions personnelles. Elle finit par s'éloigner, me serrant l'épaule et m'ordonnant presque de venir prendre un café tous les jours.

« Tu ferais mieux de t'y habituer », déclara Susannah en repoussant son assiette vide après le départ de Janet.

« Je crois bien. J'ai grandi pas loin de Bozeman, dans le Montana. C'est beaucoup plus grand maintenant, mais quand j'étais petit, il y avait une ambiance de petite ville. J'ai l'habitude que les gens posent des questions », proposai-je avec un haussement d'épaules.

La curiosité vacilla dans son regard, ses sourcils se levant légèrement. Le moment passa, mais je réalisai que ce bébé — ! — signifiait que j'avais une chance d'avoir quelque chose que je n'avais jamais eu. Ma mère avait été ma seule vraie famille, et elle avait été là pour moi de toutes les manières possibles. Mais les autres, mon père absent, mon beau-père avide et mon frère rancunier, j'aurais pu m'en passer. Peut-être que je ne pouvais pas changer mon passé, mais je pouvais construire mon avenir. Je m'échappais de ce train de pensées, pas encore prêt à contempler les implications.

Après avoir fini de manger, on retourna à mon pickup et j'ouvrais la porte de Susannah. Après être montée du côté du conducteur, elle jeta un coup d'œil dans ma direction. « Tu es un vrai gentleman, Ward. »

Je croisai son regard en arquant un sourcil.

« Tu ouvres les portes pour moi. Peu d'hommes font ça de nos jours », expliqua-t-elle.

Alors que je la regardais, je l'imaginais à nouveau enceinte. Une envie de la protéger que je n'avais jamais éprouvé s'empara de moi.

J'arrachai mes yeux de son visage avec un haussement d'épaules. « L'habitude. C'est ce qu'on appelle les bonnes manières. »

Je démarrai le moteur et je roulais. Sans réfléchir, je nous emmenai chez moi plutôt que de la ramener à sa voiture à la caserne.

Au bout d'un moment, elle posa la question. « Tu me ramènes à ma voiture ? »

Sûrement pas.

Je ne pouvais pas être près de Susannah sans vouloir être enfoui en elle. Je pensais que mon attirance pour elle pendant notre formation allait s'estomper. Mais non. C'était encore pire qu'à l'époque. Je n'arrivais pas à penser à autre chose qu'à mon envie de la protéger et de mon envie d'être aussi près d'elle que possible. Je ne regardai même pas dans sa direction. Me déplaçant sur mon siège, j'ajustai mon jean d'une main pour soulager l'arête douloureuse de ma bite.

« Allons chez moi » furent mes seuls mots.

« Est-ce qu'on devrait peut-être parler ? »

« Eh bien, tu m'as dit ce qui se passe, et je t'en remercie. On a beaucoup de temps pour parler. Rien de tout ça ne change ce que je veux et ce que je sais que tu veux », dis-je catégoriquement.

Son souffle se retint brusquement. Je jetai mes yeux sur elle, une vague de satisfaction me parcourant à la vue de ses joues rouges.

Je fis glisser ma paume le long de sa cuisse, écartant ses genoux et mettant ma main sur son entrejambe. Je gémis presque au toucher de la chaleur humide à travers son jean. Quand j'exerçai une pression subtile sur son clitoris, elle soupira et ses hanches se cambrèrent.

Il était difficile d'imaginer qu'elle le voulait autant que moi, mais nos corps semblaient capables d'avoir une conversation entière sans qu'un mot soit prononcé. En soi, nous n'avions pas dit grand-chose.

« Tout ce que tu as à faire est de dire non si tu ne veux pas », murmurai-je, jetant à nouveau mes yeux sur les siens, mon attention à moitié sur la route devant moi.

La rougeur de ses joues s'accentua et ses yeux rencontrèrent les miens, leur bleu s'assombrissant. Elle ne dit rien.

« Je vais prendre ça pour un oui alors », dis-je en faisant glisser mon pouce d'avant en arrière sur le tissu qui couvrait son clitoris. À chaque passage, ses hanches fléchissaient vers ma paume.

Je me concentrais sur la route, absorbant notre environnement pendant que je conduisais. Willow Brook était dans les contreforts de la chaîne montagneuse de l'Alaska, les montagnes au loin d'un côté et l'océan de l'autre. Il y avait des champs d'herbes vertes mêlés à des étendues de forêt d'épicéas.

J'avais acheté une maison ici avant le décès de ma mère. Je détestais louer, et il y avait tellement de propriétés ici avec des vues si spectaculaires que ça frôlait le ridicule. J'avais trouvé un beau terrain à quelques kilomètres du centre-ville de Willow Brook, sur lequel trônait une magnifique maison en bois. Il y avait plus d'espace que ce dont j'avais besoin, mais ça me plaisait. En me garant devant la maison, je retirai ma main d'entre les cuisses de Susannah, regrettant immédiatement mon retrait.

Je lui ouvris la porte, je la regardai sortir, mon corps secoué par le besoin. En fermant la porte avec ma botte, j'enroulai ma main autour de la sienne et entrai rapidement dans la maison. J'avais l'intention de l'attirer à moi d'un coup sec dès que nous aurions franchi la porte, j'étais fou d'impatience.

Impatient de l'avoir.

J'étais un peu confus, perdu dans ma tête. Susannah était enceinte. De mon bébé. Quelque chose que je n'avais certainement pas prévu. Je ressentais toutes sortes de choses à ce sujet, mais un mot clignotait comme un néon dans mon esprit chaque fois que j'étais près d'elle et surpassait toute la confusion.

Mienne.

Chapitre Huit

WARD

En passant la porte latérale de ma maison, Susannah lâcha ma main, à mon grand chagrin. Ce que j'avais en tête n'impliquait pas de subtilités sociales.

Inconsciente de mon envie de la jeter par-dessus mon épaule et de l'emmener jusqu'au lit, Susannah tourna en rond en découvrant le rez-de-chaussée de ma maison. C'était une maison de style ranch en bois sur un seul niveau avec un haut plafond qui s'élevait jusqu'à un point central dans le salon et avec des fenêtres qui ouvraient entièrement le mur avant. Il faisait encore jour. Les jours pouvaient sembler éternels ici une fois l'hiver passé. Même si ce n'était que le printemps, le soleil se couchait déjà après neuf heures du soir.

La porte latérale donnait sur la cuisine à partir de la terrasse. La cuisine était carrelée de carreaux vert pomme et avait un comptoir incurvé qui se cambrait contre le mur et servait de séparation avec la salle à manger. De grandes armoires en bois de cerisier avaient été montées contre les murs, équipées d'appareils de cuisine en acier inoxydable. Le carrelage rencontrait un plancher franc au-delà du comptoir. Une salle à manger s'installait ensuite doucement jusqu'au salon. Une petite table ronde et des chaises meublaient la salle à manger et le dos d'un canapé créait une séparation naturelle pour le salon.

Une partie du canapé faisait face au mur où était installée une télévision et l'autre côté du canapé faisait face aux fenêtres, donnant sur la vue. Un poêle à bois occupait le coin le plus éloigné du salon. L'espace était lumineux et aéré. Même s'il y avait trois chambres, ça ne me paraissait pas trop grand pour moi seul.

Même si je ne savais pas si je serais là plus de deux ans, les deux ans de mon contrat, la maison était à un prix raisonnable, la propriété était magnifique, et je me disais que je pourrais vendre si je décidais de ne pas rester plus longtemps.

Susannah se tourna vers moi alors qu'elle marchait à reculons vers le salon. « C'est super mignon. Tu as acheté ça ? »

Je glissai mes mains dans mes poches, au moins pour calmer l'envie agitée de l'attraper et de la dévorer. « Oui. »

Elle hocha la tête en se détournant, marchant vers les fenêtres. Posant une main sur sa hanche, elle regarda dehors. La vue donnait sur une colline en pente mère de peupliers d'un côté et voisine d'une colline rocheuse de l'autre. La vallée au-delà était à peine visible avec la lumière déclinante. Le ciel était strié d'orange et de rouge, l'éclat persistant du soleil couchant.

« Belle vue », commenta-t-elle. « Mes amies ont construit cette maison, mais je n'avais jamais vu l'intérieur. »

Se retournant, elle se dirigea vers l'endroit où je

m'étais arrêté à côté du canapé, posant une hanche contre le dossier.

« Ah ? »

« Tu as rencontré Amelia ? La femme de Cade ? », demanda-t-elle.

« Je crois. Elle est grande, non ? »

Les lèvres de Susannah se tordirent. « Oui, elle est grande. Elle dirige *Kick A** Construction* avec Lucy. Ce sont de bonnes amies à moi. Bref, elles dirigent l'une des meilleures entreprises de construction de la ville. Et elles ont construit cette maison il y a quelques années seulement si je me souviens bien. J'ai du mal à croire que les propriétaires l'aient vendue si rapidement, mais ils venaient d'ailleurs de toute façon. »

Je ris. « C'est vraiment une petite ville si tu sais à qui appartenait cette maison. »

Ses yeux se posèrent sur les miens et elle hocha la tête. « Ben ouais. Mais je n'aurais probablement rien su si Amelia et Lucy ne l'avaient pas construit. »

Elle s'arrêta à quelques mètres de moi. L'envie de la toucher était trop puissante pour résister plus long-temps. Je tendis la main, attrapant sa paume dans la mienne et la faisant tourner vers moi. Accrochant sa lèvre inférieure entre ses dents, ses joues rosirent alors qu'elle levait les yeux vers moi. Bon sang. La vue de ses dents bosselant sa lèvre charnue envoya du sang direc-tement dans mon aine.

J'appuyai mes hanches contre le dossier du canapé, la tirant entre mes genoux. Son souffle siffla entre ses dents quand ses hanches heurtèrent la crête de mon sexe. Je ne pris pas la peine de cacher mon excitation. Ça ne servait à rien. J'avais essayé de me contrôler toute la soirée, je tenais à un fil.

Son front se plissa alors qu'elle soutenait mon regard. Je voyais bien qu'elle réfléchissait. Je n'étais pas dans le déni. Je savais que nous avions plein de choses à dire. Je n'avais juste pas envie de parler maintenant. Je préférais me perdre un peu en elle.

Comme si elle pouvait lire dans mes pensées, elle demanda : « Tu ne crois pas qu'on devrait parler ? »

Je haussai les épaules, laissant ma main glisser sur ses hanches pour prendre ses fesses. Mince. Elle avait un joli cul. « Peut-être », répondis-je, alors que je glissais mon autre main sous l'ourlet de son haut, grognant presque au toucher de sa peau douce et soyeuse.

Je n'y avais pas beaucoup pensé, mais quelque chose dans le fait qu'elle était un garçon manqué à l'extérieur et très féminine à l'intérieur me rendait fou. Je la respectais énormément. Je savais qu'elle pouvait se débrouiller aussi bien que n'importe quel homme sur le terrain. Ce que l'équipe disait c'était qu'elle était intrépide, et ce n'était pas comme si je ne le savais pas déjà. Je l'avais vue en action lorsque nous nous formions ensemble. J'aimais sa force et son côté téméraire. Il était impossible de faire le travail que nous avons fait sans ça. Notre travail exigeait une tolérance au danger, pour dépasser le point où la plupart rebrousseraient chemin.

Son souffle se coupa, me distrayant. Mes yeux erraient sur le renflement de ses seins. Elle portait un jean et un t-shirt. Il n'y avait rien de remarquable dans sa tenue. Sauf qu'elle était sexy comme pas possible. Elle avait un penchant pour la dentelle et la soie, quelque chose que j'avais découvert lors de nos deux nuits ensemble. Ses tétons étaient pressés contre le coton de son t-shirt, ses seins étirant le tissu tendu.

Je plongeai la tête, pinçant son t-shirt sur un mamelon, savourant le soupire aigu qu'elle lâcha et le basculement instantané de ses hanches vers les miennes.

« Ward », murmura-t-elle lorsque je pinçai son autre mamelon entre mon pouce et mon index.

Levant la tête, je relevai les yeux pour rencontrer les siens, au niveau des miens puisque j'étais à moitié assis. « Oui ? », marmonnai-je.

« Tu ne m'as pas répondu. »

L'espace d'un instant, je ne compris pas ce qu'elle voulait dire, puis je me souvins de sa question. « Je crois qu'on n'est pas obligés de parler maintenant, tu crois pas ? »

Sa poitrine se souleva dans ma paume alors qu'elle prenait une inspiration tremblante. « Eh, bah, je ne sais pas. »

De petits sillons apparurent entre ses sourcils, ses dents attrapant à nouveau sa lèvre. Je doutais qu'elle ait essayé d'être excitante, mais c'était horriblement sexy. Sa bouche seule pouvait me mettre à genoux. Ces lèvres roses charnues, la peau claire de son visage et ses grands yeux bleus. Je me souvenais de ces lèvres enroulées autour de ma bite et j'avais hâte de recommencer.

Je réalisai qu'elle serait coincée dans cet état si je ne lui laissais pas la chance de parler. Je dus me forcer à me concentrer. Mon besoin rugissait en moi comme une rivière dévalant une montagne. Je pouvais à peine entendre quoi que ce soit d'autre car il repoussait tout le reste.

« Écoute, je comprends. Je sais qu'on doit parler. Tu es enceinte. Je suis sous le choc, mais je ne sais pas si on va résoudre quoi que ce soit ce soir. J'ai besoin d'un peu de temps pour m'habituer à l'idée, et je ne sais pas ce que tu veux faire. Tu sais toi ? »

Elle soutint mon regard, se tortillant. « Évidemment, je n'avais pas prévu ça. Je ne savais pas si je voulais un bébé, mais je ne peux pas imaginer autre chose maintenant. Mais... » Elle s'arrêta et prit une lente inspiration. « Je pense que tu as raison. Je pense qu'on a un peu de temps pour digérer. »

Je la regardai, durement. J'étais encore trop surpris par la nouvelle pour savoir quoi dire. Mais je savais une chose. Je la voulais. Maintenant.

Chapitre Neuf

WARD

Susannah se tortilla à nouveau, mordant sa lèvre inférieure avec ses dents. « Tu es techniquement mon patron maintenant. Il faut qu'on trouve une solution. C'est plus que juste le bébé. »

Je savais qu'elle avait raison, mais j'avais déjà réfléchi. À l'heure actuelle, j'étais parfaitement satisfait avec l'idée de garder tout ça pour nous.

« On va s'organiser », dis-je.

Je n'avais aucune idée de ce que nous allions faire. J'avais des doutes sur le fait que nous puissions rester légers sur le sujet, pas avec un bébé dans l'équation. En fait, la chose étrange était que la direction dans laquelle j'allais l'effrayerait probablement. Bon sang, je m'effrayais tout seul. Pourtant, ça me paraissait une bonne idée. Si on se lançait là-dedans, je n'allais pas le faire à moitié. Aucun de mes enfants n'aurait la moitié d'une famille comme ce fut le cas dans mon enfance. Je savais que je devais y aller lentement, ne serait-ce que parce que je sentais que Susannah me repousserait si je lui disais ce que je voulais. Alors j'attendrais.

Alors que mon cœur tambourinait dans mon corps,

la seule chose sur laquelle j'avais le contrôle était ici et maintenant : Susannah dans mes bras et le besoin de l'avoir qui me traversait avec une telle force que je ne pouvais pas l'ignorer.

Elle hocha enfin la tête, prenant une profonde inspiration et soupirant lentement. « D'accord. Je vais laisser tomber pour le moment. »

« Bien », dis-je avec un sourire au coin de mes lèvres, faisant glisser mon pouce d'avant en arrière sur son mamelon, le sentant durcir sous mon toucher et en savourant le plaisir.

Me penchant légèrement en arrière, je fis glisser son haut par-dessus sa tête, soulagé qu'elle n'hésite pas, en levant les bras. Je gémis à la vue de ses seins. Elle portait ce soutien-gorge en dentelle noire, à peine assez large pour être qualifié de soutien-gorge. Ses tétons pointaient à travers la dentelle alors que je me penchais en avant, passant ma langue sur la soie, tourbillonnant et prenant son mamelon dans ma bouche.

Quand elle réfléchissait, Susannah était réservée. Mais quand elle arrêtait de penser, elle lâchait complètement prise, et j'adorais ça. Comme maintenant. Au moment où je mordis son mamelon, prenant son autre sein dans ma paume et savourant son poids, elle cria et se cambra contre moi.

Je levai la tête, nos bouches se heurtèrent. L'embrasser était une drogue. Je dévorai sa bouche. Sa langue s'emmêla brutalement avec la mienne, elle haleta dans ma bouche, murmurant mon nom à travers notre baiser. Pendant tout ce temps, ses mains s'occupaient, passant sous mon t-shirt, glissant sur ma poitrine. Elle cria à nouveau quand je fis glisser le fermoir avant de son soutien-gorge, grognant alors que ses seins tombèrent librement dans mes paumes. Ses lèvres étaient à nouveau sur les miennes, ses seins contre ma peau, et j'étais avide.

Se libérant de notre baiser, je me penchai en arrière, la prenant. Ses seins me tuaient presque ; dodus et ronds, ses mamelons plissés, déjà humides de mes attentions. Je levai les yeux pour croiser son regard. Le bleu vif de ses yeux virait au bleu marine. Ses lèvres étaient humides et gonflées, gonflées par la violence de notre baiser.

Susannah me rendait fou, tellement fou que je perdais de vue ce que je faisais. Rien n'était calculé, tout était brut et sauvage. Ma bite était tellement dure que j'avais probablement une empreinte de fermeture éclair sur ma peau.

Elle remédia rapidement à ce problème, passant sa main entre nous et défaisant ma braguette. Ses lèvres se retroussèrent en un sourire joueur.

Chapitre Dix

SUSANNAH

Je soupirai à la sensation de la bite de Ward dans ma paume ; chaude et dure, une peau douce comme du velours. Pas de slip ni de boxer, Ward était nu sous son jean. C'était en parfait accord avec son personnage. Il n'était pas du tout civilisé. Il était brut, un homme primitif, dans un corps tellement sexy et musclé, il me coupait le souffle rien qu'en existant.

Mon cœur battait à tout rompre, secouant mon corps comme un tambour. Un sentiment de puissance me parcourait au son de ses gémissements irréguliers alors que je glissais ma paume le long de sa queue. En reculant, je m'agenouillais entre ses genoux, faisant tourner ma langue autour du bout de sa bite et attrapant une goutte de pré-sperme. Je levai le regard pour trouver ses yeux posés sur moi, sombres et attentifs. Il glissa une main dans mes cheveux, son toucher rugueux m'enflammant, répandant des étincelles sur ma peau et me brûlant partout.

Après un autre tourbillon de ma langue je le pris dans ma bouche, chaque centimètre dur et épais de sa poutre. Tout comme le reste de son corps, sa bite était glorieuse. Il pulsait alors que je l'attirais dans ma bouche, laissant ma paume se mouiller et l'agrippant lâchement alors que je glissais de haut en bas avec ma bouche. D'un coup brutal, il tendit la main vers moi, me soulevant rapidement.

« Hé, j'avais pas fini », marmonnai-je d'une voix rauque.

Je heurtai son regard brûlant. Il haussa les épaules. « Je peux pas attendre », grogna-t-il.

En quelques secondes, il baissa mon jean et ma culotte. Avant que je puisse former une pensée, il m'étirait sur le canapé, chaque centimètre de moi sous son regard passionné. Me penchant, je tirai sur l'ourlet de son t-shirt.

« Faut que t'enlèves ça », réclamai-je.

Il sourit, ses yeux brillants. Passant mon bras derrière son cou, il souleva son haut d'un seul coup. Il se présenta devant moi pendant que mes yeux l'admiraient avidement. Son torse n'était que muscle, recouvert d'une fine couche de poils noirs. Son jean pendait à ses hanches, son sexe encore humide de ma salive.

Ward n'était absolument pas gêné. Non qu'il y eût une quelconque raison que ce soit d'être gêné. Il était extrêmement beau, chaque centimètre de son corps était fin, musclé, tellement sexy et glorieux. Ma bouche s'asséchait rien qu'en le regardant.

Il baissa son jean, le retirant en même temps que ses bottes. Il se pencha sur moi, faisant glisser ses doigts sur mes seins, son toucher subtil me couvrant de chauds frissons. Il serpenta sur mon ventre, s'arrêtant juste au-dessus de mes cuisses, sans me quitter des yeux.

J'aurais fait tout ce qu'il m'aurait dit. C'était dire à quel point j'étais atteinte. J'étais esclave du besoin entre nous et du pouvoir qu'il dégageait.

Sans un mot, son regard me brûla, ses doigts glissèrent à travers mes boucles et s'enfoncèrent dans mon centre. Je gémis. Chaude et humide, j'avais tellement besoin de lui que j'étais hors de moi. Son genou s'enfonça sur le canapé entre mes cuisses, les écartant légèrement. Il enfonça un doigt en moi, profondément. Un gémissement irrégulier s'échappa de mes lèvres. Un autre doigt rejoignit le premier. Mes hanches roulèrent sous son contact alors qu'il me baisait avec ses doigts.

« Je veux te voir exploser, te voir jouir sur ma main », murmura-t-il, ses mots rauques, faisant battre mon pouls encore plus fort.

Même sa voix m'excitait, chaque mot qu'il prononçait me rendait folle d'envie.

« Plus que ça, je veux te sentir finir partout sur ma bite. »

Son regard de feu argenté soutint le mien alors qu'il retira ses doigts et les enfonça à nouveau. Je criai, ma chatte se resserrant. J'étais déjà au bord du gouffre quand il taquina mon clitoris, juste assez de pression pour me pousser un peu plus près du bord mais pas assez pour me faire jouir.

Il passa sa main sur sa bite, la caressant lentement alors que ses doigts me rendaient folle. L'envie s'enroula en moi alors que je voyais une autre goutte de pré-sperme couler, luisant sur son gland avant de tomber sur mon ventre.

« J'imagine qu'on devrait parler de préservatif », dit-il, ses mots ramenant mes yeux aux siens. « Puisque tu es enceinte, on n'est pas obligés, mais je ne sais pas ce que tu en penses. Je suis sain. Je n'ai jamais eu de relations sans préservatif de ma vie. »

« Moi non plus », murmurai-je, cette conversation paraissant soudainement intime.

« Donc ? », dit-il d'une voix traînante. « C'est toi qui décides. »

L'idée que Ward soit nu à l'intérieur de moi m'excitait encore plus. C'était quelque chose puisque j'étais déjà pratiquement en feu. Je déglutis. « Pas besoin. »

Il soutint mon regard, faisant glisser sa main de haut en bas de sa queue alors qu'il me fixait. Sans un mot, il retira lentement ses doigts de là où ils étaient enfouis. Montant un peu sur moi, il fit glisser la tête épaisse de sa bite à travers mes plis. J'étais trempée d'envie. À chaque passage, sa bite glissait sur mon clitoris, me faisait presque jouir.

« C'est ça que tu veux, hein ? », murmura-t-il en me taquinant sans relâche. « Tu es tellement mouillée. »

« Ward, s'il te plaît... » Ma voix s'éleva dans une prière sifflante.

« Regarde-moi. »

Mes yeux se plantèrent dans les siens, ce regard seul resserrant la pression qui s'accumulait en moi. Avec ses yeux verrouillés sur les miens, il passa de nouveau sa bite sur mon clitoris alors que mes hanches se heurtaient à lui.

« S'il te plaît », suppliai-je.

Je ne me reconnaissais même plus. Ward me transformait en une folle de luxure et de désespoir, guidée par rien d'autre que le désir. Le désir qu'il me prenne, qu'il enfouisse sa bite en moi et me baise assez fort pour me rassasier l'espace d'un instant seulement.

Il ne se précipita pas. Oh, non. Avec son regard brûlant fixé sur le mien, il fit à nouveau glisser son gland à travers mes plis lisses, taquinant mon entrée puis passant sur mon clitoris, envoyant encore une autre pointe de plaisir dans mes nerfs. Je criai et ce n'est qu'à ce moment-là qu'il s'enfonça en moi. D'un seul coup, il me remplit complètement.

J'étais déjà au bord de l'orgasme, mes nerfs tellement à bout que c'en était presque douloureux. Ward se tenait immobile en moi, son regard verrouillé sur le mien, me brûlant de son intensité. C'était si bon de l'avoir à nu à l'intérieur de moi, sans aucune barrière entre nous. Il recula lentement ses hanches avant de s'asseoir à nouveau, le glissement de sa bite dans mon canal envoyait des étincelles de chaleur dans tout mon corps.

Je ne pouvais pas me libérer de son regard argenté. L'intimité de ce moment était choquante. Tout mon corps vibrait, tandis que mon cœur battait fort et vite. Il recula à nouveau, cette fois s'engouffrant rapidement puis s'arrêtant. Il leva une main, repoussant mes cheveux emmêlés de mon front. J'étais trempée dans la sensation de son membre qui m'écartait, m'amenant au bord du gouffre, le plaisir montait en moi. C'était si bon d'être retenue dans son regard et englobée dans le pouvoir pur de sa présence.

Ses paupières commencèrent à tomber, ses mots se brouillèrent alors qu'il parlait. « Tellement bon. Tu es tellement agréable. »

Mes hanches se cambrèrent contre lui par réflexe, la vibration dans mon corps impossible à supporter. Au moment où je bougeai, il se recula et me donna enfin ce dont j'avais besoin, il fit des va-et-vient rapides et puissants, ses hanches cognant contre moi.

Chaque battement de chaque poussée m'étirait et me remplissait. Jamais une seule fois ses yeux ne se détachèrent. Sa main glissa sur mes seins, pinçant doucement mon mamelon avant que son contact ne s'étende sur mon ventre, son pouce appuyant sur mon clitoris. Le plaisir explosa, se brisant en mille morceaux dans mes muscles. Je m'envolai, perdue dans les affres d'un orgasme si intense qu'il me ruinait.

Alors que ma chatte se resserrait autour de sa bite, je l'entendis gémir doucement alors que son corps se raidissait et qu'il s'enfonçait à nouveau en moi, la chaleur de sa libération me remplissant. Il resta immobile un instant, ses muscles tendus alors qu'il me regardait. Il se baissa lentement, nous faisant rouler pour que je finisse sur lui avec sa bite toujours enfouie en moi. Je restai immobile, ma respiration haletante alors que je sentais son cœur battre contre le mien. Sa paume glissa le long de mon dos doucement, venant se poser sur la courbe de mes fesses.

Ward était si fort, même lorsqu'il était détendu, qu'être dans ses bras me mettait à l'aise. Tenue serrée contre lui alors qu'il était en moi, j'avais l'impression que rien ne pouvait m'atteindre. Tout d'un coup, ça me frappa. J'étais enceinte et Ward le savait.

Au moment où cette pensée me traversa l'esprit, je me tendis.

« Ne te mets pas à réfléchir tout de suite, Zanna », murmura-t-il, sa voix rauque au-dessus de ma tête.

Je rougis en réalisant qu'il pouvait sentir que j'avais commencé à m'inquiéter. Je ris doucement, la tension s'apaisant alors que je relevais la tête, posant mon menton sur ma main.

Bon sang. Il devrait y avoir une loi contre les hommes aussi sexy que lui. Avec ses boucles noires ébouriffées, une barbe mal rasée, ses traits ciselés et ces yeux... Putain, ces yeux. Il pourrait séduire une femme avec rien de plus qu'un regard.

Je n'osai pas lui dire qu'il pourrait probablement me faire jouir rien qu'en me regardant. J'avais une certaine fierté.

Il ouvrit les yeux, un regard brillant.

« Eh bien, je suis sûr que tu seras d'accord, mais je

crois qu'il faut qu'on parle », dis-je, me sentant tout d'un coup timide.

Sa main glissa de haut en bas dans mon dos dans un autre passage lent, serrant mes fesses. Il haussa les épaules, je sentis son mouvement contre mon corps. « Je crois, mais on pourrait se détendre maintenant et parler plus tard. »

« Est-ce que tu vas me ramener à ma voiture ce soir ? », demandai-je.

Il sourit, d'un de ces sourires ridicules qui me faisait basculer. « Non. Tu restes. »

« Ce n'était pas une question ça. Tu avais l'intention de me demander si je voulais rester ? »

Son sourire s'étira de l'autre côté de sa bouche alors qu'il secouait la tête. « Non. »

« Je n'accepte généralement pas les ordres », répliquai-je.

Il soutint mon regard, l'argent de ses yeux brillant à nouveau. « Des fois, tu obéis. »

Je rougis d'un coup, me souvenant de notre dernière nuit ensemble quand il m'avait ordonné de me retourner sur le lit et de me cambrer, parce qu'il voulait voir mon « joli cul et ma chatte ».

Je n'avais pas hésité. Je n'avais même pas posé de question. Ce n'était qu'une des nombreuses fois où il m'avait donné un ordre cette nuit-là.

Je levai les yeux au ciel, essayant de garder mon calme. « Très bien. Des fois. »

Je n'avais pas vraiment envie de partir ce soir. L'idée de rester dans ses bras et de m'endormir, eh bien, était paradisiaque.

Il ne m'avait pas donné beaucoup d'occasions d'envisager cela. Il se déplaça pour se glisser sous moi, me soulevant du canapé dans ses bras. Quelques secondes plus tard, il me portait jusqu'à la douche. Alors que l'eau nous tombait dessus et que la vapeur nous enveloppait, je me dégageais les yeux et j'entendis sa paume se poser sur le mur de carrelage à côté de moi. Son autre paume claqua de l'autre côté, et je me tenais dans une cage faite de ses bras. Avec ses boucles humides et l'eau coulant en ruisseaux le long de son corps magnifique, mon canal se serra.

« Alors, clarifions une chose », déclara-t-il.

« Quoi ? »

« Tu es à moi. »

———

Le lendemain matin, j'insistai pour que Ward me dépose tôt à ma voiture. Je ne voulais pas courir le risque qu'un membre de l'équipe nous voie arriver ensemble à la caserne. Il n'avait pas vraiment réagi ouvertement à cette requête, mais l'avait acceptée. Puis, j'étais allée prendre un café au Firehouse Café puis j'étais rentrée chez moi pour me changer.

Alors que je me préparais à repartir, ses mots traversèrent de nouveau mes pensées. *Tu es à moi.*

De quoi, bordel ? Je ne savais même pas quoi penser de ça. J'étais agacée par la partie de moi qui aimait son côté possessif. Je veux dire, non, mais ! Je n'étais pas le genre de femme qui avait besoin qu'un homme prenne soin d'elle. Même si je ne pouvais pas nier la force de mon attirance pour Ward (je savais bien que ce n'était pas la peine d'essayer) je commençais à penser que c'était la faute de mes hormones. Le docteur Jenkins m'avait avertie de me préparer à un afflux de changements hormonaux, qui m'affecteraient de diverses manières. Donc, ce désir fou et incontrôlable devait venir de là. Je l'avais laissé faire, mais je

n'allais pas le laisser penser qu'il me possédait simplement parce que j'étais enceinte et qu'il était le père.

Plus j'y pensais, plus il devenait évident qu'il fallait
que j'établisse des limites claires. Sinon, il allait
prendre le contrôle de ma vie.

Chapitre Onze

WARD

Le lendemain, je m'aventurais dans la zone avant de la caserne quand je trouvai Beck appuyé sur le comptoir, riant à quelque chose. Les joues de Maisie étaient encore rouges alors qu'elle regarda dans ma direction.

« Salut Ward », dit Maisie, écartant une boucle de ses yeux. « As-tu besoin de quelque chose ? »

« La rumeur veut que tu sois en charge des commandes de fournitures », dis-je.

« Et c'est le cas. Tu auras plus de chance que moi. Elle compense trop pour être sûre de ne pas me faire de traitement de faveur », offrit Beck avec un sourire narquois.

Maisie lui lança un stylo, que Beck attrapa facilement. Leurs plaisanteries étaient tellement détendues, l'amour entre eux était clair. Comme j'en pinçais vraiment pour Susannah, il me vint à l'esprit que c'était bon de savoir qu'il y avait déjà des relations interservices ici. Si on pouvait parler de « services » dans notre boulot.

En levant les yeux au ciel vers Beck, Maisie jeta un coup d'œil vers moi. « Dis-moi ce dont tu as besoin. Je fais des commandes tous les lundis. Je gère toutes les fournitures de bureau ainsi que l'équipement des équipes. »

« Compris. Je crois que j'ai tout pour l'instant, mais j'ai eu quelques demandes, alors je me suis dit que j'allais vérifier. »

Maisie hocha la tête, ses boucles rebondissant avec le mouvement. « Tiens-moi au courant. Oh, et ignore Beck. Il est traité de la même manière que tout le monde. »

Beck s'éloigna du comptoir, lui adressant un autre sourire. « C'est bien le problème. Je te masse les pieds tous les soirs et ça ne m'apporte rien de plus. »

Le téléphone de Maisie sonna. Elle jeta un regard noir et un baiser à Beck avant de prendre l'appel et de nous chasser.

Beck marcha avec moi dans le couloir arrière. Il y avait quelques bureaux le long du couloir, puis ça s'ouvrait sur une immense salle de repos avec une cuisine, une table de billard, une télévision et une salle de sport d'un côté, ainsi que quelques chambres de l'autre. D'après ce que j'avais compris, la plupart des membres de l'équipe habitaient près de la caserne, mais certains autres venaient pour la saison des incendies et dormaient ici.

Alors que nous tournions au coin de la salle de repos, les cheveux sur ma nuque se levèrent. Je savais sans la voir que Susannah était là. Il y avait quelques gars avachis sur le canapé devant la télévision, tandis que Susannah était au comptoir de la cuisine à remplir une bouilloire avec de l'eau. Elle jeta un coup d'œil par-dessus son épaule alors que Beck et moi entrions dans la pièce.

Au moment où ses yeux se posèrent sur les miens,

ils s'élargirent et ses joues rougirent. La voir secoua mon système, injectant un désir dans mes veines.

Ses boucles blondes étaient rassemblées en une queue de cheval. Quelques boucles s'étaient détachées et pendaient le long de ses joues. Elle portait un jean avec des bottes et un t-shirt. Mes yeux, mes yeux avides, volaient volontairement vers le bas puis remontaient. Ses mamelons étaient tendus, pressés contre le coton de son haut.

Mon esprit revint à l'autre nuit — ses mamelons humides de ma bouche, ses muscles se serrant autour de moi alors que je la martelais. Le souvenir était si vif que le sang coula directement vers mon aine.

Elle détourna les yeux, posa brusquement la bouilloire sur la cuisinière puis appuya sur le bouton avant de se retourner et de croiser les bras. « Salut les gars. Comment ça va ? », demanda-t-elle poliment.

Beck s'appuya contre le comptoir à côté de Susannah, inconscient de la tension entre elle et moi, du moins je l'espérais.

Il la poussa du coude. « Sois gentille avec Ward. Il trouve encore ses marques. »

Susannah jeta un coup d'œil de lui à moi, roulant des yeux alors que son regard retournait vers lui. « Beck, je suis presque sûre que Ward peut se débrouiller tout seul. Il n'a pas besoin que moi ou que qui que ce soit le protège. »

Beck aimait clairement embêter ses amis, et personne n'était en sécurité. Il haussa les épaules nonchalamment. « Bien sûr. Mais quand même. Sois gentille. »

Quelqu'un appela Beck depuis la salle d'entraînement et il s'éloigna, laissant Susannah seule avec moi. J'avais eu envie d'elle pendant un mois entier et j'avais enfin eu une autre dose d'elle. Je commençais à réaliser que j'étais loin de satisfaire mon besoin d'elle.

Ce que je voulais faire, c'était la prendre, l'emmener loin d'ici et me perdre en elle pendant des jours. Je savais que je devais faire face à la réalité de notre situation. Elle était enceinte et nous allions avoir un bébé. Peut-être que j'étais tellement choqué par cette information que je ne pouvais pas y faire face. Tout ce à quoi je pouvais penser, c'était ce que je voulais : la meilleure partie de jambe en l'air de ce côté du Mississippi, donc on allait devoir continuer.

J'étais pompier depuis quatre ans maintenant. Des relations de ce type entre les membres d'équipage n'étaient pas inhabituelles. Dans ma dernière caserne, un autre des surintendants était marié à l'un des membres d'équipe. Ils s'étaient formés ensemble et s'étaient mariés pendant leur première année de travail. Bien que je ne puisse pas tout à fait m'imaginer marié, je continuais à utiliser cet exemple dans mon esprit en me disant que c'était parfaitement acceptable de convoiter Susannah. Il y avait aussi la *petite question* du fait qu'elle portait mon bébé, et ça me rendait fou, d'une envie de prendre soin d'elle. Enfin, ça et le fait que je n'avais pas l'intention de la laisser m'échapper.

Chapitre Douze

WARD

Le lendemain, je m'adossai à ma chaise à table dans la salle de pause et je jetai un coup d'œil autour de moi. C'était une caserne très fréquentée. Étant donné qu'elle abritait trois équipes, ce n'était pas une surprise. Pourtant, la taille de la ville ne laissait pas imaginer à quel point cette station était vivante. Comme il s'agissait d'un emplacement central en Alaska, elle desservait un certain nombre d'autres régions.

En buvant mon café, je me demandai comment et quand gérer le problème de Chad. Rex avait été juste avec son évaluation. Ce gars était un connard, son attitude était un problème pour l'équipe. Nous avions répondu à un incendie local dans une ville voisine cette semaine. Un grand incendie sur une propriété qui rassemblait plusieurs bâtiments. Les étincelles du premier incendie avaient fini par mettre le feu à deux hangars. Bref, c'était le bordel. Chad avait été négatif tout du long. Il avait répondu à contrecœur aux ordres des deux contremaîtres de l'équipe, dont l'une était Susannah.

Même si mon prédécesseur avait peut-être retardé l'échéance, Al avait laissé une trace de documentation concernant les problèmes, me préparant à gérer Chad quand je le voulais. Pour le moment, j'essayais de savoir si quelqu'un dans l'équipe était proche de lui. J'avais besoin de savoir si ma décision allait bouleverser l'équipe et à quel rythme il fallait que j'avance. J'avais été surintendant d'une équipe dans le Montana et avant ça contremaître d'une autre. La transition vers un nouveau chef comportait des défis dans les meilleures circonstances. Commencer par licencier quelqu'un n'était pas toujours une bonne chose, même quand c'était justifié.

Quelques gars s'entraînaient et quelques autres se prélassaient au fond de la salle de pause devant la télévision. Pendant ce temps, je sirotais un café et parcourais quelques-uns des cours en ligne dont j'avais besoin pour terminer ma formation.

Cade entra dans la pièce par le couloir, s'arrêtant près de la cafetière et se remplissant une tasse avant de se diriger vers la table, pour s'installer à côté de moi. Il passa une main dans ses boucles brunes hirsutes, me faisant un sourire alors qu'il s'asseyait. « Comment ça se passe l'installation ? », demanda-t-il.

J'appuyai sur « *enregistrer* » avant de fermer mon ordinateur portable. « Dans l'ensemble, ça va. J'ai tout fait livrer le mois dernier quand je suis arrivé. » J'étais soulagé que nous ayons déjà surmonté les politesses concernant le décès de ma mère.

Il hocha la tête en sirotant son café. « La rumeur dit que tu as acheté la maison sur Fireweed Lane. »

« La rumeur aurait raison. J'ai entendu dire que ta femme l'avait construit. Super maison. »

Cade sourit. « Carrément. Amelia est l'une des meilleures constructrices de la ville. »

« Oui. J'adore. C'est pour ça que je l'ai acheté. Et le prix était vraiment correct. »

La ressemblance entre Cade et son père était impossible à manquer. Dans cette veine, je commentai : « Ça ne te dérange pas de partager la station avec ton père ? »

Il gloussa, secouant la tête avec un sourire ironique. « Nan. Quand j'étais ado, ce n'était pas génial que mon père soit chef de la police, mais j'ai grandi. Maintenant, on s'entraide, mais on ne se marche pas vraiment sur les pieds. »

« Bon à savoir », dis-je en riant. Étant donné que Cade avait géré mon équipe avec Beck jusqu'à ce que je commence, je me dis que cela valait la peine de lui demander son avis sur Chad. Il pourrait avoir du recul et une idée de ce que l'équipe pensait de Chad.

« En parlant de ton père, il m'a prévenu à propos de Chad. Tu en sais quoi ? »

Cade but une bonne gorgée de son café. « Probablement pas beaucoup plus que ce que mon père t'a dit. Je dirais qu'il est préférable de le gérer le plus tôt possible. Il n'a pas de lien avec qui que ce soit dans ton équipe. »

« J'essaie de voir si je dois m'en occuper bientôt ou attendre un peu que l'équipe apprenne à me connaître. Quoi qu'il en soit, ça crée toujours une sacrée ambiance quand le nouveau boss arrive et vire quelqu'un. »

Cade s'adossa à sa chaise et laissa échapper un soupir, son regard réfléchi. « Pas faux. Mais je ne sais pas si ça vaut le coup d'attendre. Il est tellement énervé de ne pas avoir eu d'entretien pour le poste, ça ne fait qu'empirer son attitude. Je serais inquiet de l'effet qu'il a sur l'ambiance. »

J'avalai mon café, le posai et traçai paresseusement

des cercles sur ma tasse. « C'est vrai. Eh bien, Al a gardé beaucoup de traces sur ses problèmes disciplinaires. Je pourrais juste aller de l'avant et utiliser ça. Vu que Beck et toi avez couvert pour moi le mois dernier, tu penses que ça vaut le coup que l'un de vous deux ou les deux soient là pour l'entretien de sortie ? »

Cade hocha lentement la tête. « Bonne idée. On est tous les deux ici depuis un certain temps, donc l'équipe nous fait confiance. Beck est là depuis plus longtemps que moi. S'il fait partie de la décision ça te libérera d'un peu de pression. On te soutient à cent pour cent, tout comme Rex et probablement ton équipe. »

J'avais déjà développé un respect sain pour Cade et Beck. Ils étaient super stables et avaient le respect de tout le monde dans la caserne à l'exception de Chad, mais Chad ne semblait pas saisir le concept de respect. Ni l'un ni l'autre ne roulait des mécaniques. Ils gagnaient un véritable respect, plutôt que d'essayer de l'exiger.

« Bon, faisons ça dans les prochains jours. »

« Ça me paraît bien. Ce serait bien de t'en occuper avant la semaine prochaine. Mon équipe a un entraînement sur cette semaine. »

« Ça marche. Après-demain ? »

À ce moment-là, Chad sortit de la zone d'entraînement, traversant la salle de pause. Son regard était plat sans une étincelle d'amitié alors qu'il scrutait la pièce. Il ne salua personne, passant simplement devant nous et se dirigeant vers les douches.

Cade changea rapidement de sujet. « Si tu veux aller pêcher cet été, dis-moi. J'ai grandi ici, donc je connais tous les bons coins. »

Avant de savoir que Susannah bossait ici, l'une des choses qui me donnaient envie de venir dans la région était la pêche et la chasse. Le Montana avait beaucoup de super coins, mais l'Alaska était à un autre niveau. La nature sauvage ici était infinie que les opportunités semblaient sans fin.

––––––––

Ce soir-là, Beck m'invita à les rejoindre au Wildlands. En quittant la caserne pour les rejoindre là-bas, je ne pus m'empêcher de me demander si Susannah serait là. Ça faisait trois nuits complètes depuis notre dernière nuit ensemble. Elle m'évitait depuis, et je n'étais pas content. J'étais agacé et frustré à plus d'un titre.

J'avais du mal à supporter de la croiser dans la caserne sans revendiquer le fait qu'elle était mienne. Pendant ce temps, elle faisait de son mieux pour faire comme s'il n'y avait rien entre nous. Ma décision initiale de garder notre relation secrète s'avérait problématique. Il allait falloir qu'on parle rapidement. J'avais besoin d'elle. Et vite.

Un court trajet en voiture plus tard, je m'arrêtai devant le Wildlands, en jetant un coup d'œil autour de moi. Le bar était sur les rives du lac aux Cygnes, un lac pittoresque et tentaculaire au centre de Willow Brook. Wildlands était de loin le plus grand bar et hôtel sur les rives du lac, il y avait beaucoup de concurrence. Plusieurs quais pour hydravions étaient également dispersés sur les rives. Le lac était magnifique avec une vue imprenable sur les montagnes au loin. L'homonyme du lac, les élégants cygnes trompettes, flottaient sereinement à la surface de l'eau.

En mettant mes clés dans mes poches, j'entrai par la porte arrière du bar, qui donnait directement sur le parking, donnant sur le couloir. En passant, je ne pus m'empêcher de me souvenir de mon baiser avec

Susannah ici il y a un mois. Les effets de cette nuit se ricochaient dans ma vie d'une manière que je n'aurais pas pu imaginer.

Mon esprit revint à l'autre nuit, à la sensation de ses muscles se serrant autour de ma bite alors que je m'enfonçais en elle ; la libération la plus chaude et la plus intense de ma vie.

Je secouai la tête, essayant de chasser ces pensées de mon esprit. Je ne semblais même pas capable de penser à Susannah sans bander. C'était un problème que je n'avais jamais rencontré avant. Le contrôle n'était pas un problème pour moi. Mais Susannah anéantissait tout contrôle de soi que j'avais par sa simple existence.

En entrant dans le restaurant, je me faufilai entre les tables, et je rejoignis Cade, Beck, Levi et quelques autres. Ils avaient réquisitionné une grande table ronde dans un coin au fond. La conversation se fit pendant que je buvais une bière, j'écoutais les blagues des gars et je n'arrivais pas à cesser de me demander quand Susannah ferait une apparition. Elle me fit attendre juste assez longtemps pour que je sois de mauvaise humeur.

Les cheveux sur ma nuque se dressèrent, mon corps reconnut sa présence avant même que je ne la voie. Jetant un coup d'œil par-dessus mon épaule, je la vis traverser le restaurant. Ses yeux rencontrèrent les miens, et le désir m fouetta. Ma bite durcit instantanément, tellement dure que je dus m'ajuster sur mon siège et tirer sur mon jean.

Par chance, il n'y avait qu'une seule place libre à la table, juste à côté de moi. Amelia était avec Cade, Maisie avec Beck et Lucy avec Levi. Mon envie de revendiquer publiquement Susannah était forte, mais je savais que je devais faire attention et me retenir. Je savais qu'elle n'apprécierait pas, pas maintenant. C'était un problème que je devrais résoudre le plus tôt possible.

Elle se glissa sur la chaise à côté de moi, ses yeux remontant vers les miens. En regardant vers elle, mon cœur battit fort. Mon esprit faisait des choses folles. Alors que je pouvais à peine penser au fait qu'elle était enceinte dans la vraie vie, je n'avais aucun mal à m'imaginer des images d'elle ronde et enceinte de notre bébé.

Chapitre Treize

SUSANNAH

Mon pouls se précipita au moment où mes yeux se posèrent sur ceux de Ward. J'avais réussi à éviter tout moment seule avec lui ces derniers jours. Ça demandait toute ma volonté de l'éviter. Je devenais folle à l'intérieur, je luttais littéralement contre moi-même.

Je le voulais terriblement, la férocité de mon désir me rendait folle. Je n'étais pas habituée à ce genre de désir. Le sexe avec lui était comme une drogue.

Et j'étais déjà accro. Mon esprit revient à l'autre nuit et à ce qu'il a dit.

Mienne.

Mes hormones me mettaient dans tous mes états. J'étais enceinte, je prévoyais d'avoir notre bébé et la présence de Ward dans ma vie n'était pas quelque chose sur lequel j'étais au clair. Je ne voulais pas être forcée à vivre quelque chose avec lui. Mais un bébé était du sérieux. Quoi qu'il arrive. Je ne pouvais pas exactement l'exclure, mais je voulais garder des limites claires et ne pas le laisser penser qu'il allait pouvoir tout décider.

Quelqu'un dit mon nom, ramenant mes pensées à

la réalité. J'avais besoin de me ressaisir. En suivant la direction de la voix, je trouvai Maisie qui me regardait avec attente.

« Oui ? », demandai-je.

Elle gloussa, faisant glisser une boucle brune de sa joue. « Je disais juste bonjour. On ne peut pas rester tard ce soir, donc pas de cartes. »

Lucy Caldwell, une fée aux cheveux blonds et amie proche, leva les yeux au ciel de l'autre côté de la table. « Oh, quel dommage. Tu ne seras pas là pour nous botter les fesses. »

Maisie haussa les épaules. « Hé, mon père m'a transmis un truc, et c'est comment battre tout le monde aux cartes. »

Amelia rejoignit la conversation : « C'est une bonne chose qu'on te fasse confiance, sinon je penserais que tu comptais les cartes ou quelque chose comme ça. »

Les yeux marron foncé de Maisie s'écarquillèrent, un air d'affront traversant son visage. « Ne dis pas ça. »

Lucy leva les yeux au ciel. « On sait que tu ne triches pas. Passe à autre chose. »

La conversation se poursuivit autour de nous, et je sentis la brûlure du regard de Ward sur moi.

« Arrête de me regarder comme ça », murmurai-je.

Il ne répondit pas, prenant une gorgée de sa bière puis glissant sa main sur ma cuisse sous la table, la chaleur de son toucher envoyant un éclair de chaleur en spirale à travers mon corps.

Je jetai mes yeux sur lui, les arrachant après une seconde. Parce que je pouvais à peine supporter de le regarder sans être attirée par son regard brûlant.

« Qu'est-ce que tu fais ? », sifflai-je.

Il serra ma cuisse, sa paume glissant vers le haut, forte et assurée, et venant se poser au creux de ma hanche. Mon attention était noyée par son toucher, mon pouls palpitant. Mon sexe se serra, et ma culotte fut instantanément trempée.

Il but une autre gorgée de bière, la reposa et répondit à quelque chose que Beck avait dit. Aucune idée de quoi. J'étais tellement distraite d'avoir Ward à côté de moi et sa main sur ma cuisse que je pouvais à peine penser, et encore moins faire attention à tout ce qui m'entourait.

J'étais assez soulagée que la table soit pleine et que tout le monde soit en train de bavarder, de manger et de boire. Lorsque le serveur passa, je secouai la tête à l'offre d'une bière et je demandai de l'eau. Tout du long, je sentis la chaleur du regard de Ward sur moi, sentant son absence lorsqu'il répondit à quelque chose d'autre que quelqu'un avait dit.

Son toucher, furtif, traîna le long de ce pli sensible, ma chatte implorant pratiquement d'en avoir plus. Il ne me déçut pas, sa paume attrapant mon intimité. Je déglutis, faisant un effort surhumain pour résister à l'envie de me cambrer contre lui. J'avalai de l'eau et pris une inspiration tremblante. « Arrête ça ! », sifflai-je, essayant de garder mon expression calme et de ne jamais le regarder une seule fois.

« Seulement si tu me dis pourquoi tu m'évites », répondit-il à voix basse.

« Parce que c'est fou », murmurai-je. « On travaille ensemble, et techniquement, tu es mon patron. » Prenant une autre gorgée d'eau, j'aurais aimé que ça me rafraîchisse. J'aurais vraiment aimé un alcool fort là tout de suite, mais ce n'était pas une option.

Maisie me dit quelque chose et je jetai un coup d'œil dans sa direction. Ward profita de ce moment pour faire glisser ses doigts sur mon clitoris, me taquinant à travers mon jean.

Je réussis à étouffer un gémissement pour trouver une réponse pour Maisie. « De quoi ? »

Ma capacité d'écoute était presque anéantie.

« C'est quand la dernière fois que tu es allée à Fairbanks ? », répéta-t-elle. Si elle remarquait que j'étais perdue, elle ne le dit pas.

« Oh, c'était il y a deux mois maintenant », réussis-je à dire, ma voix se brisant sur le dernier mot.

« Oh, d'accord », dit-elle, revenant à sa conversation avec Beck.

« Tu dois arrêter », chuchotai-je férocement, une fois que son attention se fut détournée de moi.

« Non », répondit Ward.

Je jetai enfin mes yeux vers les siens pour trouver son regard qui m'attendait. Un sourire taquina les coins de sa bouche. Sur commande, mon ventre trembla, deux fois, puis à nouveau, mon pouls s'accéléra.

« Ward... », prévins-je.

Son petit rire envoya un frisson le long de ma colonne vertébrale.

« Rentre à la maison avec moi » fut sa seule réponse.

Comme je commençais à avoir l'impression que je le fuyais, je retins son regard, essayant de me détendre et que mon expression reste neutre. J'étais soulagée de la lumière légèrement tamisée du bar, espérant que mes joues rouges n'étaient pas évidentes pour quiconque me regardait.

« Ce soir ? »

Il hocha lentement la tête, faisant glisser sa main de l'endroit où il me taquinait, sa paume s'installant facilement sur ma cuisse. Son contact entre mes cuisses me manqua instantanément. Masquant mon agitation avec une autre gorgée d'eau, j'ai pris une inspiration.

« Oui. Ce soir », dit-il en articulant clairement.

« Écoute, on peut... » Mes mots furent interrompus lorsqu'il secoua brusquement la tête.

« Écoute, je comprends que c'est toi qui décides. C'est ton corps, mais tu m'as dit que tu voulais ce bébé, alors je m'adapte. » Il parlait assez bas pour que personne d'autre ne l'entende, mais je devais retenir l'envie de jeter un coup d'œil autour au cas où. « Tu l'as dit toi-même, on doit parler. Je n'étais pas d'accord l'autre soir, mais ça fait maintenant trois jours que tu m'évites. Pas cool », dit-il sans détour.

L'indignation monta en moi. Je plissai les yeux. « Je ne t'ai pas évité. »

Un mensonge flagrant que je n'hésitais pas à m'admettre à moi-même, mais je ne lui avouerais pas. Ses yeux s'assombrirent, sa main glissa à nouveau furtivement entre mes cuisses. Mes hanches s'adaptèrent par réflexe sous son contact, et je dus me mordre la lèvre pour ne pas gémir.

« Si je dois tricher, je le ferai », déclara-t-il avec insistance.

J'étais complètement retournée. Vraiment. Je ne m'attendais pas à tomber enceinte. Je me démenais toute seule pour comprendre comment m'adapter à cette réalité et ce que ça signifiait *pour moi*. Je ne m'attendais certainement pas à faire face à un homme qui ferait désormais partie de la vie de notre enfant de manière permanente et, par conséquent, de ma vie.

Quand ses doigts s'éloignèrent à nouveau, mes mots glissèrent spontanément. « Je t'évitais parce qu'on ne peut pas juste coucher ensemble tout le temps. »

Je bus à nouveau mon eau, luttant contre la bouffée de chaleur qui m'envahissait, espérant que l'eau glacée puisse me refroidir aussi rapidement que ses yeux me réchauffaient.

« Le sexe est un problème, pourquoi ? Je n'y vois rien de mal. On est vraiment doués. Si tu crois que je vais partir, tu ferais mieux de repenser ton plan. Je n'avais rien prévu de tout ça, mais c'est une partie de ma vie maintenant, alors je m'en occupe. Tu ferais mieux d'accepter que je vais faire partie de ta vie pendant très longtemps. »

Un petit frisson me parcourut, savourant ses mots bruts et la chaleur dans ses yeux. J'étais vraiment accro à lui.

Les hormones, c'est juste les hormones.

C'est ce que je n'arrêtais pas de me dire. Peut-être que si je le disais assez, je finirais par y croire.

Chapitre Quatorze

WARD

Susannah me rendait fou. Quand je m'approchais d'elle je me transformais en homme des cavernes. J'étais tellement déconcerté par cette situation que mes pensées s'emmêlaient avec mes émotions. Je la voulais, comme je n'avais jamais voulu une femme auparavant. Chaque rencontre ne faisait qu'augmenter la tension en moi, le tambour de la luxure battant de plus en plus fort.

Et elle était enceinte. Je ne pouvais pas dire que j'avais déjà envisagé l'idée d'avoir une famille, d'être père. À aucun moment.

En fait, si on m'avait posé la question, ma réponse aurait été *jamais*.

Pourtant, maintenant que j'étais réellement et sérieusement confronté au fait de devenir père ? Mon point de vue avait changé en un éclair. Une fois que j'avais digéré la nouvelle de notre bébé, j'avais su ce que je voulais. Je ferais en sorte que notre bébé ait la famille que je n'avais jamais eue.

À part ma mère, je n'avais été proche de personne dans ma famille. Elle avait fait de son mieux pour être tout pour moi et mon frère. Je ne lui reprochais rien de tout ça, elle avait eu la malchance d'épouser deux hommes qui n'en valaient pas la peine. C'était la vie. J'avais appris quelque chose de mon père absent et de mon crétin de beau-père : tout ce que je ne voulais pas être.

En conséquence, j'étais déterminé à faire pleinement partie de la vie de notre bébé. Je n'étais peut-être pas encore prêt à appeler ce que je ressentais pour Susannah de l'amour, mais je savais très bien que c'était plus puissant que tout ce que j'avais jamais ressenti pour une femme.

Je regardai les grands yeux bleus de Susannah, brillants de colère. Je savais qu'elle était énervée. Et j'étais assez convaincu qu'elle n'autorisait aucun homme à lui dire quoi faire. Mais ce qu'elle faisait, m'ignorer et m'éviter, ne pouvait pas continuer.

À mes mots directs, ses yeux se plissèrent. Après un moment de tension qui alourdissait l'air autour de nous, elle détourna le regard et but une gorgée d'eau.

« Est-ce qu'on doit avoir cette conversation maintenant ? », murmura-t-elle.

« Pas là maintenant. Mais plus tard. M'éviter ne fonctionnera pas. »

Ses yeux parcoururent la table. Je m'en foutais si elle avait peur que quelqu'un nous remarque en train de parler. Sa langue glissa sur ses lèvres, rendant ma bite, déjà douloureuse, encore plus dure.

Ses yeux revinrent aux miens, un soupçon de vulnérabilité dans les profondeurs. « D'accord », dit-elle doucement. « Promets-moi que tu n'attireras pas l'attention sur nous. Pourquoi ne viens-tu pas chez moi ? »

Je refoulais l'envie de lui demander de venir chez moi. Mais je cédai. Je ferais un effort. « Ça marche. Quand ? »

« Demain ? », proposa-t-elle.

Je secouai la tête. « Non. Je ne peux pas attendre de te voir. »

Son souffle siffla alors qu'elle détourna le regard et que ses joues s'empourprèrent. « Tu ne peux pas me dire quoi faire », marmonna-t-elle.

« Ce n'est pas ce que j'essaie de faire. Je te veux. Tu me veux. Il n'y a aucun sens à le nier. Mais on va aussi avoir un bébé. Je n'avais peut-être pas prévu ça, mais je ne vais nulle part. Alors on va parler de la raison pour laquelle tu m'évites. »

Elle détourna à nouveau les yeux, mais hocha légèrement la tête. « D'accord. Ce soir. »

———

Susannah insista pour qu'on aille chez elle. Dans le parking derrière Wildlands, il y eut un petit débat où elle essaya de me faire faux bond jusqu'à ce que quelques membres de l'équipe sortent, Chad inclus, et l'évidence lui vint. Soit on se retrouvait quelque part de privé, soit cette conversation, pour laquelle elle ne voulait certainement pas de témoins, pourrait être entendue.

Je la suivis jusqu'à chez elle, roulant jusqu'à me garer à côté de sa voiture. Il était tard, il était neuf heures. Le soleil se couchait, le ciel était une aquarelle de roses et de violets traversés d'or. La lune se levait derrière les montagnes au loin. En descendant de mon pickup, je vis un aigle voler au-dessus de nous, une ombre sombre contre le ciel.

Susannah sortit, me regardant. « Nous y voilà », dit-elle simplement, le regard méfiant. Il y avait un froid dans l'air, assez puissant pour rougir ses joues.

Je ne pouvais pas dire que je la connaissais particulièrement bien, même si nous avions été aussi intimes que possible physiquement. Mais j'avais assez de bon sens pour savoir qu'elle était tendue. Je compris qu'elle essayait d'étouffer d'une manière ou d'une autre le désir que nous partagions l'un pour l'autre.

Pour une fois dans ma vie, j'étais peut-être le plus pragmatique dans l'équation. Enfin, peut-être pas pragmatique, plutôt réaliste. Ce désir entre nous était une force en soi, trop puissante pour être ignorée, et j'avais bien l'intention d'alimenter le feu.

Je la suivis jusqu'à l'escalier et dans sa maison, jetant un coup d'œil et appréciant l'espace ouvert. La lumière tamisée du soir tombait à travers les fenêtres. Quand je la vis frissonner, mes yeux se tournèrent vers le poêle à bois dans le coin. « Tu veux monter le chauffage ? Je peux allumer un feu si tu veux », proposai-je.

Elle soupira, ses yeux se posèrent sur moi puis se détournèrent. Lorsqu'elle frotta à nouveau ses paumes sur ses bras, une envie de la protéger s'éleva en moi. L'ignorant, je me dirigeai vers le coin le plus éloigné où le thermostat était fixé au mur.

Avant que j'aie la chance de l'ajuster, elle était à mes côtés. Avec un souffle, elle m'en écarta. « Oh pour l'amour de Dieu, ne sois pas si autoritaire. »

Je me retournai, glissant mes mains dans mes poches pour résister l'envie de la prendre dans mes bras. Appuyant mes hanches contre le mur derrière moi, je la regardai, observant le frisson subtil qui la parcourait, la rougeur de ses joues et ses magnifiques yeux bleus.

« Tu as froid », dis-je, énonçant l'évidence.

« Et alors. Ce n'est pas comme si je ne pouvais pas m'en occuper. Je préfère allumer un feu », marmonna-t-elle en se retournant.

Une fois de plus, j'ai pris le relais, passant devant elle jusqu'au poêle à bois. « Ça marche. »

Je commençai à prendre un morceau de bois fendu dans le petit râtelier à côté du poêle quand elle me l'arracha des mains. « Je vais le faire », lança-t-elle.

Je m'écartai, la regardant empiler rapidement quelques morceaux de bois dans le poêle et fourrer du petit bois en dessous. Elle savait comment faire un feu, mais je m'en doutais. En quelques secondes, un feu crépitait.

Se redressant, elle me jeta un coup d'œil, croisant les bras sur sa poitrine. « Pourquoi es-tu si autoritaire ? »

« Proposer d'aider à allumer un feu quand tu as froid n'est pas autoritaire. Je dirais que c'est utile. »

Ses yeux se plissèrent et elle mordit sa lèvre inférieure. Mes yeux y étaient attirés, comme une abeille au miel. Ma bite enflait et je n'essayais même pas de l'arrêter. Je ne pouvais pas être près d'elle sans la vouloir, alors je ne prenais même pas la peine d'essayer de me contrôler.

Tout d'un coup, ses yeux brillèrent et elle s'éloigna.

Ma réaction fut viscérale. Je n'aimais pas la voir dans cet état. Elle se dirigea vers les fenêtres donnant sur le champ et le coucher de soleil au loin. Sans réfléchir, je la suivis, regardant ses épaules se soulever et s'abaisser avec un souffle rapide et tremblant. Je glissai mes paumes sur ses épaules et vers le bas, dépliant soigneusement ses bras étroitement croisés et les remplaçant par les miens. Je ne savais pas ce que je faisais, mais mon besoin de la réconforter s'élevait au-dessus des épaves de mon esprit.

Son corps était raide, sa tension m'irradiant.

« Susannah. Regarde-moi. S'il te plaît. »

Après une autre respiration tremblante, elle leva

les yeux vers moi, ses yeux brillants de larmes, ses sourcils froncés. Je ne savais pas ce que c'était chez elle, mais elle me touchait au plus profond de moi-même, créant des émotions dont je ne connaissais même pas l'existence.

Ce petit sillon entre ses sourcils était si attachant que j'avais envie de l'embrasser. J'avais assez de bon sens pour savoir que ce n'était pas une bonne idée, pas maintenant.

« Tu ne peux pas faire irruption dans ma vie comme ça, Ward. » Ses paroles étaient tremblantes. Une larme coula le long de sa joue, et avant que je m'en rende compte, je l'essuyais avec mon pouce. « Je suis aussi surprise que toi par ce qui nous arrive. Je ne m'attendais pas à tomber enceinte. Je veux dire, bon sang, on a utilisé des préservatifs. Je suis sur le point d'être mère, et je suis presque sûre que tu n'avais pas l'intention d'être père », dit-elle catégoriquement, une autre larme coulant sur ses joues. Une autre larme que j'essuyai.

Je la fixai, mon cœur chavirant étrangement. J'avais l'impression de tomber d'un immeuble. Je ne savais pas quoi faire. Je ne voulais juste qu'elle... Bon sang, je ne savais pas ce que je voulais. Tout ce qu'on pouvait faire était de faire face à la situation. Comme je manquais de mots, je me laissais guider par l'instinct.

Je la tirai contre moi, glissant une main dans ses cheveux et l'autre autour de ses hanches pour la tenir plus près de moi. Je n'essayais pas de la séduire, pas à ce moment-là. Je voulais qu'elle se sente mieux. Elle se tendit d'abord puis se détendit contre moi, prenant plusieurs respirations tremblantes.

Il y avait une légère vibration dans son corps. Je voulais l'adoucir, l'absorber. Mais tout ça m'était étranger. Le sexe était quelque chose que je connaissais bien. Réconforter une femme, une femme qui avait une emprise sur moi comme aucune autre et qui portait notre bébé, eh bien, on pouvait dire sans risque que j'avais moins qu'aucune expérience dans le domaine.

Après quelques instants, le petit tremblement disparut, et elle s'adoucit, se déplaçant plus près de moi, ses hanches heurtant la bosse de mon sexe.

« Ignore ça », murmurai-je en passant mes doigts dans ses boucles soyeuses.

SUSANNAH

La bite dure et chaude de Ward était pressée contre mon bas ventre de toute sa longueur. Malgré son ordre de l'ignorer, je ne pouvais pas. L'excitation montait en moi. Je rougis de partout, mon sexe se serra. Je pouvais sentir la chaleur humide de mon désir, ma culotte mouillée rien qu'en le touchant.

J'étais tellement secouée à l'intérieur et à l'extérieur, par Ward, par l'effet qu'il avait sur moi, par ma grossesse et par un fouillis de sentiments accablants. Ça me troublait de savourer son côté protecteur et dominant. Je ne me serais jamais attendue à vouloir m'éprendre d'un homme comme ça. Je voulais juste le laisser me prendre dans ses bras, et que tout se passe bien. Quand j'étais enveloppée dans sa chaleur, c'était comme ça que je me sentais, en sécurité, protégée, comme si le reste du monde n'existait pas et que tout irait bien d'une façon ou d'une autre.

À bien des égards, ce n'était pas bien. J'étais sidérée par ma grossesse et par la certitude intérieure que je voulais avoir ce bébé, même si ça changeait tous mes plans. Ça me secouait au plus profond de mon être de réaliser que Ward ne s'enfuirait pas.

Ses doigts passèrent mes cheveux au crible. Son autre paume glissait de haut en bas de ma colonne vertébrale en caresses chaudes, d'un mouvement puissant et volontaire. Les émotions me traversaient, s'emmêlant en une tornade dans ma tête. Mon médecin m'avait prévenu que j'allais ressentir des changements hormonaux brusques. Je continuais de tenir ma grossesse et mes hormones pour responsable de mon état actuel. Pourtant, une partie de moi savait, au fond, que ce que Ward me faisait ressentir alimentait mes émotions bien plus profondément que je n'étais capable d'analyser.

Je ne voulais pas ignorer sa bosse. En fait, je voulais me perdre en lui et dans la tempête sauvage du besoin, du désir et des émotions entre nous parce que c'était la partie facile. Alors quand sa paume glissa à nouveau le long de ma colonne vertébrale, prenant mes fesses en coupe, je me laissais aller et me cambrais contre lui. Sur les talons d'un autre souffle tremblant, mon corps secoué par le besoin, je tombai dans le feu qui nous unissait.

Sa main s'immobilisa dans mes cheveux. « Susannah ? »

Je répondis à sa question sans un mot, passant la main entre nous et caressant la longueur de sa bite, grognant presque à cette sensation. Je levai les yeux vers les siens, apercevant son regard argenté brûler.

« Tu l'as dit toi-même, on fait ça très bien. Il n'y a aucune raison de prétendre le contraire. »

Ses yeux étaient verrouillés sur les miens, flamboyant de chaleur. Mais il tenait bon. « Je pense qu'on devrait d'abord parler », dit-il, alors que le simple son de sa voix me faisait frissonner.

Je le fixai, mon pouls battant si fort et si vite que je pouvais à peine respirer. « Je n'ai pas envie de parler », murmurai-je, faisant glisser ma paume de haut en bas de son membre, savourant le grognement subtil qu'il lâcha. « Le truc, c'est que je vais avoir un bébé. C'est probablement fou, et on n'avait pas prévu ça, mais ça va arriver. Mais tu l'as dit toi-même. Je te veux. Tu me veux. On est plutôt doués dans ce domaine, alors ne nous soucions pas du reste pour le moment. »

Ward soutint mon regard, ses yeux clignotant avec un air que je ne savais pas interpréter. C'est ce qui était drôle avec nous. Je le connaissais intimement, au sens physique. Franchement, le sexe avec lui était tellement bon et tellement personnel, que je ne savais pas quoi en penser. Pourtant, au-delà de ça, on ne se connaissait pas particulièrement bien. Et il y avait toujours le problème gênant du fait qu'on travaillait ensemble maintenant.

« Et on doit parler de la façon dont on va gérer ça avec l'équipe. Il vaudrait peut-être mieux que je sois transféré à une autre équipe », réussis-je à sortir entre deux battements tonitruants de mon cœur.

Ward secoua la tête, plissant les yeux. « Non. »

J'aurais dû être ennuyée par le fait qu'il semble toujours prendre le contrôle des situations, mais en ce moment je m'en moquais bien. C'était ce qui m'arrivait quand je me laissais aller à la folie avec lui. J'oubliais tout le reste. Je commençai à déboutonner son jean. Rapide comme l'éclair, il attrapa mes deux mains dans l'une des siennes.

Quand j'essayai de me libérer, il ne céda pas. « Relâche-moi », marmonnai-je.

« Seulement si tu promets d'arrêter de m'éviter. Je suis tout à fait d'accord... » Il s'arrêta, me tapota les fesses de sa main libre et me balança son excitation comme pour ponctuer son propos. « Mais ne me fais pas le coup du chaud-froid. »

En fixant son regard, une vague d'émotion me berça. Je le savais déjà il y a quatre ans quand je m'étais laissée aller à le goûter. Quoi qu'il y ait entre nous, c'était différent de tout ce que j'avais ressenti auparavant. Mon besoin avait un côté sauvage et téméraire, et était si fort qu'il m'effrayait. Mais ça avait été une nuit incroyable. Et j'étais partie en pensant que je ne le reverrais plus jamais.

Maintenant, il se tenait devant moi, chaque centimètre glorieux et sexy de son être, alors que j'étais offerte. Et j'étais enceinte et mes émotions parcouraient tout le spectre. Sa demande était justifiée. Je n'avais pas l'habitude de passer du chaud au froid pour qui que ce soit. Mais là encore, aucun homme ne m'avait jamais affectée avec telle puissance que je voulais fuir. Son regard était implacable. Je savais qu'il ne changerait pas d'avis, alors je déglutis, essayant de calmer l'émotion qui menaçait de me submerger.

« Je ne le ferai pas. Je suis juste... »

Tout d'un coup, les larmes me piquèrent à nouveau les yeux et ma gorge se serra. C'est précisément pourquoi j'aurais préféré me perdre dans la luxure ce soir. C'était tellement plus facile que de réfléchir. « C'est juste beaucoup, et j'essaie de m'y retrouver », dis-je, avec des mots lourds.

Je me sentais tellement vulnérable avec lui, et ça me donnait envie de m'enfuir à nouveau. Mais il n'y avait nulle part où fuir, nulle part où se cacher de son regard bien trop perspicace, de la force de son étreinte. Il me surprit à nouveau, sa main se relâchant autour des miennes. Et puis ses lèvres glissèrent sur ma joue, caressant le long de mon oreille et le long de mon cou, son toucher si doux et chaud que je manquais de fondre à ses pieds.

Je tâtonnai les boutons de son jean, frénétique de désir, gémissant quand je sentis la peau veloutée de son sexe. Juste là, aucune barrière pour m'empêcher d'enrouler ma paume autour de son membre. Je ne m'étais jamais demandé si un homme portait un boxer ou un slip. J'adorais le fait que Ward ne porte ni l'un ni l'autre. Son souffle siffla entre ses dents, puis sa bouche était sur la mienne, sa langue me balayant, exigeant et prenant immédiatement le contrôle de notre baiser.

Sa main, qui avait caressé doucement mes cheveux, resserra sa prise, s'emmêlant rudement. La douleur aiguë qui traversa mon corps alors qu'il me tirait les cheveux me parcourut d'étincelles, une douleur de plaisir si intense que je gémis dans sa bouche. Nos langues s'affrontèrent dans un baiser profond, bouches ouvertes, sauvages et tellement intenses que mes genoux faillirent lâcher. C'était plutôt pratique qu'il me retienne, sa paume serrant mes fesses. Il me souleva contre lui et j'enroulai mes jambes autour de ses hanches.

Il me portait facilement. J'adorais ça, j'adorais ce sentiment d'être englobée par sa force. Je lâchai sa bite à contrecœur, enroulant mes bras autour de ses larges épaules et libérant mes lèvres pour prendre une bouffée d'air.

Ward ne perdit pas une seconde, ses lèvres traçant un sentier le long de ma mâchoire, sa langue taquinant la coquille de mon oreille, la chaleur de son souffle envoyant un frisson chaud dans tout mon corps. Il me mordilla le cou alors qu'il se tournait pour me porter vers les escaliers.

« Chambre », grogna-t-il, plus un ordre qu'une question.

Je pointai mon menton vers les escaliers. « En haut à droite. »

Il marchait avec moi, sa foulée assurée, comme tout en lui. La sensation de sa bite dure frottant contre moi à travers les couches de tissu, et ce frottement subtil sur mon clitoris, envoya de vives traînées de plaisir dans mon corps. Il me rendait folle. C'était un tout : sa force, la sensation de ses bras me serrant fort, et sa longueur dure nichée entre mes cuisses.

Je mordillai son cou, passant une main dans ses cheveux. J'adorais son goût, salé avec un parfum boisé et musqué. Son pied se prit dans la dernière marche et il trébucha légèrement, se rattrapant rapidement, ne lâchant pas une seule fois sa prise ferme sur moi.

« Putain, Susannah », murmura-t-il. « Tu me tues. »

Je levai la tête, un sourire narquois aux lèvres. En pleine conscience de l'état dans lequel il m'avait mise, j'aimais savoir que peut-être, juste peut-être, il était aussi déboussolé que moi.

« Dépêche-toi », dis-je d'une voix rauque.

Sa paume agrippa mes fesses, et il les serra, ses doigts frôlant mon entrecuisse, mes hanches se balançaient contre lui. Il n'arrêta jamais de marcher, baissant la tête pour me mordiller le cou. Partout où il me touchait, je sentais la foudre.

« Là ? »

J'avais été tellement absorbée par le goût de la peau de sa clavicule que j'avais oublié où nous étions. Levant la tête, je trouvai la porte de ma chambre en face. « Oh, tu sais bien suivre des instructions », dis-je avec un petit rire, hochant la tête et tapant du pied contre la porte.

Il libéra une de ses mains et tourna la poignée pour

ouvrir la porte d'un coup de pied. Se retournant, il se dirigea directement vers mon lit au centre de la pièce, s'arrêtant en me tenant toujours fermement. Ses yeux croisèrent les miens, sombres et attentifs. Pendant un moment chargé, on échangea un regard, l'air s'alourdissant. En un grognement, il réclama à nouveau ma bouche, un baiser chaud, à couper le souffle qui me fit fondre à l'intérieur et à l'extérieur. J'étais presque liquide dans ses bras au moment où il s'éloigna après un dernier baiser puissant.

Prenant mes fesses en coupe, il fit basculer son érection en moi, envoyant une pointe de plaisir directement au centre de mon corps. Il me regarda pendant un instant alors que je tirais sur son t-shirt.

« Enlève ça ! », soufflai-je.

Sa bouche se courba en un sourire. « C'est un peu difficile de le retirer en te tenant. »

Il me regarda fixement, son regard réfléchi, puis me posa lentement. Je commençai à tirer sur ses vêtements, mais il recula et me déshabilla en un rien de temps. Il fut efficace, ce qui n'était pas une surprise. Mes vêtements gisaient sur le sol quelques secondes plus tard. Il me souleva, m'étendit sur le lit, son genou venant se poser entre mes cuisses.

Nue, mes seins douloureux et mes mamelons plissés, j'étais rougie à l'extérieur et trempée à l'intérieur. Le simple fait de le regarder envoya une décharge dans mon intimité. Je pouvais sentir l'humidité entre mes cuisses. Je ne réfléchissais même pas quand j'y glissai une main, désespérée de soulagement, faisant glisser mes doigts dans mes plis.

Ses yeux s'assombrirent. « Non », dit-il, son ton ne tolérant aucune dissidence.

J'étais sidérée, mais je m'arrêtai, retirant ma main et la laissant retomber sur le lit. En pliant un genou, j'ouvris les cuisses, sans jamais détourner les yeux de son regard brûlant. « Si tu ne me laisses pas m'en occuper, tu ferais mieux de le faire. »

Ses yeux parcoururent mon corps, s'arrêtant au sommet de mes cuisses. Mon sexe était gonflé par le besoin, se serrant simplement à la sensation de son regard sur moi. Je laissai mes yeux le savourer. Il se tenait au-dessus de moi, son jean à moitié ouvert, sa bite dure, épaisse et dressée. Je refermai les cuisses. Ses yeux s'accrochèrent aux miens, son envie était si vive qu'elle me coupa le souffle.

Je passai ma langue sur mes lèvres. « Tu as trop de vêtements. »

Ward ne dit pas un mot, mais son regard s'assombrit encore plus. Il passa la main derrière sa nuque, souleva son t-shirt d'un seul mouvement et découvrit son torse musclé et dur pour moi. Je commençai à me relever sur les coudes, mais il secoua vivement la tête. Le matelas rebondit alors qu'il s'éloignait, enlevant ses bottes et baissant son jean. Se penchant sur moi, il fit glisser ses doigts de mes seins jusqu'au centre de mon corps, mon ventre frissonnant sous son toucher.

« J'adore tes bouclettes rousses ici », murmura-t-il alors que ses doigts glissaient à travers, un doigt s'enfonçant entre mes lèvres.

Un gémissement m'échappa alors que mes hanches se cambraient contre lui. « Alors, dis-moi Zanna... » Mes yeux se posèrent sur les siens. Mes hanches fléchirent à nouveau avec un autre passage de son doigt, une pointe calleuse et masculine sur mon clitoris qui envoyait des étincelles de plaisir partout dans mon corps. « Qu'est-ce que tu veux ? »

Le son de sa voix était une caresse. Je le voulais lui, chaque centimètre dur et épais de son membre enfoui en moi. Alors je le dis. « Toi. À l'intérieur de moi. »

Il hocha lentement la tête. « On y vient, mais j'ai besoin de quelque chose d'abord. »

Ensuite, ses mains écartèrent mes cuisses et ses lèvres déposèrent des baisers le long de mes mollets. Au moment où sa bouche atteignit le sommet de mes cuisses, mes hanches se tordaient et j'avais le souffle court.

Il y avait « les préliminaires » et puis il y avait ce que Ward faisait : la torture et le plaisir mêlés. Il enfonça un doigt dans ma chatte. Je sentis la brûlure de son regard sur moi, et je réussis à ouvrir les yeux.

« Je vais te goûter maintenant. »

Ses mots étaient si directs et crus que ma chatte se serra à la simple pensée de ce qu'il était sur le point de faire. Puis, sa bouche était au cœur de moi, ses doigts me taquinant en plus de ses lèvres et sa langue.

« Tu as tellement bon goût. »

Ward n'avait aucune pitié. Avec un mélange exaspérant de brutalité et de douceur, ses mains et sa bouche me dévoraient. Le plaisir filait de plus en plus fort en moi. Pris dans un courant de sensation si intense, j'oubliai tout à part la sensation de sa bouche contre moi, sa langue et ses doigts me rendant folle. Il recula un instant.

« Zanna. »

Aucun homme n'avait jamais utilisé ce surnom avec moi, et certainement jamais comme ça. Sa voix faisait l'amour à mon surnom. C'était comme une marque au fer rouge, comme s'il me réclamait.

« Regarde-moi. Je veux voir ton visage quand tu jouiras. »

Je n'aurais pas pu lui refuser même si je l'avais voulu. Et je ne refusai pas. Mes paupières étaient lourdes mais je me forçai à les ouvrir. Au moment où mes yeux rencontrèrent les siens, je restai bloquée sur son regard. Il pencha à nouveau la tête, ses yeux se baissant tandis qu'il faisait glisser sa langue sur mes plis et enfouissait ses doigts en moi. Avec un tourbillon de sa langue autour de mon clitoris, il me mordit tout doucement.

Je m'effondrai alors qu'il levait la tête, son regard accrochant à nouveau le mien. Le plaisir prit le dessus, me fracturant et berçant mon corps vague après vague. Prise dans les secousses, je criai. Le seul mot que je semblais capable de prononcer était son nom, encore et encore.

Désossée, je sentis ses doigts s'éloigner, puis la sensation de ses lèvres et la griffure rugueuse de sa barbe sur mon ventre. Il traça son chemin le long de mon corps, s'attardant sur mes seins, taquinant mes mamelons avec sa langue, ses dents et ses doigts.

Le fait que je vienne d'avoir un orgasme bouleversant ne changea rien. Au moment où son poids s'installa sur moi et que je sentis son sexe reposer contre mes plis, dur et palpitant, mon besoin redevint aussi frénétique que jamais. Mes mains cartographiaient sa poitrine et son dos musclés, agrippant ses fesses. Je fis glisser ma langue le long de son cou, j'avais besoin de son goût subtil autant que j'avais besoin de respirer, du moins en ce moment, alors que je flottais encore dans les remous de mon orgasme explosif.

« Zanna. »

En ouvrant les yeux, je le trouvai en attente, son regard brillant d'argent me traversant. J'étais empêtrée dans une sensualité pure et brute et mon besoin se mêlait à une intimité que je pouvais à peine supporter.

Il balança ses hanches contre moi, sa queue glissant sur mon clitoris. Entre mon propre désir et la folie qu'il avait provoquée avec sa bouche, j'étais glissante et mouillée. Ses coudes reposaient sur mes épaules, une de ses mains écartant quelques boucles emmêlées de mon front. Quand il balança à nouveau ses hanches contre moi, un gémissement m'échappa. J'étais tellement désespérée quand j'étais avec lui, comme si rien ne pouvait apaiser mon besoin. À part lui.

Ses mains glissèrent le long de mes épaules, attrapant les miennes et les étirant au-dessus de ma tête. Mon corps se cambra et fléchit, mes seins pressant contre son torse musclé. Mes mamelons étaient si tendus qu'ils me faisaient mal.

Avec un autre balancement de ses hanches, sa bite glissa à nouveau sur mon clitoris, envoyant un choc de plaisir en spirale dans mon corps. « Prends-moi », soufflai-je.

« Comme ça », murmura-t-il, sa voix douce et brutale à la fois.

« Non, j'ai besoin de toi en moi », demandai-je, enroulant mes jambes autour de lui et me cambrant contre lui. « Ne me fais pas attendre. »

Même s'il avait tout le contrôle, sans aucun doute, il ne me fit pas attendre. Mes mains serrées dans les siennes, il ajusta l'angle de ses hanches et commença à se détendre en moi. Quand je sentis sa longueur dure et épaisse commencer à m'étirer, je m'agitai, me balançant contre lui, j'avais envie de le sentir en entier.

« Ward », haletai-je, son nom étant une supplication à voix basse.

Pendant un instant, je crus qu'il allait me torturer, mais ses mains se recroquevillèrent étroitement contre les miennes, il se recula et rentra chez lui d'un seul coup.

Chapitre Seize

WARD

La chair de Susannah pulsait en agrippant ma peau veloutée, serrée, humide et chaude. Je m'accrochais tant bien que mal à ce qu'il me restait de contrôle. La goûter m'avait rendu fou. Tout en elle faisait ressortir les parties les plus primitives de mon être. Je me tins immobile, m'adaptant à la sensation de son étreinte crémeuse et palpitante.

C'était vraiment une bonne chose que je n'aie jamais goûté aux relations non protégées avant. Si j'avais su ce que ça faisait plus tôt, je n'aurais probablement jamais été aussi sérieux que ça sur le besoin d'un préservatif. Parce que, bon Dieu, être à l'intérieur de Susannah sans rien pour nous séparer était un pur paradis.

Elle se plia vers moi, ses mamelons tendus se pressant contre mon torse, humides de mes attentions. Je réussis à ouvrir les yeux pour trouver son regard embué. Ses lèvres étaient gonflées et rougies par nos baisers, sa peau écarlate de désir, et ses boucles blondes emmêlées sur les oreillers.

Mon cœur se serra en un coup dur, une vague

d'émotion me frappa. La profondeur de cette connexion m'était si peu familière, je n'avais aucune idée de comment l'interpréter. Tout ce que je savais, c'était ce que je voulais : être enfoui au plus profond d'elle aussi près que possible et la sentir voler en éclats dans mes bras pendant que je trouvais ma propre libération. J'adorais l'avoir allongée sous moi.

Elle n'hésitait pas à abandonner son contrôle. Sachant à quel point elle était indépendante et puissante, à quel point elle était intrépide par nature, il y avait quelque chose d'encore plus intense dans le fait qu'elle me cède. Mon corps bougea de lui-même, reculant et s'enfonçant en elle, encore et encore. Je m'entendis prononcer son nom religieusement, ma voix brouillée, ivre de mon désir pour elle.

Ma libération était si proche, mais je voulais qu'elle s'envole avant moi. Alors, alors que mes couilles se serraient, le plaisir me fouettant et mes hanches s'enfonçant en elle, je passais la main entre nous, pressant mon pouce sur son clitoris. Quand elle cria, son corps se cambra sous moi et sa chatte se serra autour de ma bite.

Ma libération me frappa durement, une vague de plaisir m'entraînant vers le bas. Le plaisir était si intense que je ne m'entendis même pas crier son nom, mes mains serrant les siennes fermement et tous les muscles de mon corps tendus alors que je m'enfonçais une dernière fois. M'effondrant contre elle de toute la force de mon orgasme, je me mis sur le dos, l'amenant au-dessus de moi.

Son poids me fit du bien. Elle était douce et détendue, son souffle caressant mon épaule. Après quelques instants, elle leva la tête et posa son menton sur sa main. Sentant ses yeux sur moi, j'ouvris les miens.

« Eh bien », dit-elle, un léger sourire au coin de la bouche.

« Eh bien quoi ? »

« Tu veux parler maintenant ? »

Je ne saurais dire pourquoi, mais je ris.

« Qu'est-ce qu'il y a de si drôle ? »

Passant mes doigts dans ses cheveux, je savourais de l'avoir si près de moi. « Je peux à peine penser. Je commence à me dire qu'on ne pourra jamais parler. On dirait que je n'arrive pas à être près de toi sans te sauter dessus. »

À mes mots, ses joues rougirent et son canal se contracta une nouvelle fois. Ma bite trembla en réponse, et je glissai ma paume le long de son dos pour attraper ses fesses. Parce qu'elle avait vraiment un joli cul, il fallait le dire.

« Ouais, on dirait qu'on a un problème », répondit-elle, le rose sur ses joues s'approfondissant.

« En quoi est-ce un problème ? Tu l'as dit toi-même, on est plutôt doués. »

Elle rit d'un rire que j'adorais. Mon cœur se serra, l'émotion me berçant. Je ne savais toujours pas comment gérer mes sentiments, donc je fis la seule chose qui avait du sens quand j'étais avec elle, je la touchai... plus. En inclinant la tête, je déposai des baisers sur son cou. Elle avait tellement bon goût.

Je pensais qu'elle insisterait pour que nous parlions. Bon sang, ce soir, c'est moi qui avais insisté. Mais elle ne fit rien. Sa peau rougit et la chaleur s'accumula dans son regard. Avant que je m'en rende compte, ma bite durcissait en elle et elle se leva, se balançant contre moi. Tout ce que je sentais, c'était la sensation d'elle autour qui m'englobait, la chaleur glissante et serrée de son antre, sa peau soyeuse, ses tétons rose foncé serrés.

Ma libération se déversa en elle lorsqu'elle vint avec un cri rauque, se cambra en arrière et appela mon nom.

On tomba dans le sommeil alors qu'elle était recroquevillée sur moi et que j'étais toujours enfoui au plus profond d'elle.

Chapitre Dix-Sept

WARD

Le lendemain, je me réveillai alors que Susannah était toujours recroquevillée contre moi. À un moment pendant la nuit, je m'étais retiré d'elle. Mais je sentais la chaleur humide de sa chatte contre ma hanche et ma bite redevint dure au moment où j'ouvris les yeux. Je la pris encore et je dus résister à l'envie de la prendre encore une fois sous la douche. On pouvait dire que j'étais insatiable.

Elle me prépara du café et me proposa de préparer le petit-déjeuner, plaisantant sur le fait qu'elle devait se contenter de thé pour le moment. Nous étions clairement à l'aise l'un avec l'autre, presque domestiqué. Mais quand je fis une vague tentative de parler de ce dont elle voulait absolument parler à la base, elle rejeta l'idée.

S'il s'agissait d'une autre femme ou de toute autre situation, je ne serais pas frustré. Mais avec Susannah, tout était chargé. Tout s'emmêlait dans l'idée que, dans un avenir proche, nous aurions bébé. La notion de domesticité prendrait un sens tout nouveau.

Je réussis à ne pas perdre le contrôle. Ne serait-ce

que parce que je sentais que si j'insistais trop pour parler, elle s'enfuirait ?

Quand je partis pour aller à la caserne, elle me dit qu'on s'y verrait plus tard. Ce fut le seul moment où je vis une ombre traverser ses yeux. Même si je ne voulais pas l'avouer, je savais qu'elle avait raison. On allait devoir trouver une solution pour le boulot.

Mes pensées prirent une tournure brutale. Susannah était enceinte, et c'était une pompière de pointe. Parfois, je n'étais pas l'homme le plus perspicace du monde. Mais je n'avais pas considéré ces deux faits ensemble. Mon cœur fit un drôle de petit sursaut dans ma poitrine, le poids de l'émotion qui m'envahissait me prenant par surprise.

Repoussant ces pensées, j'allai travailler.

Plus tard dans l'après-midi, Cade et Beck se joignirent à moi pour le rendez-vous prévu avec Chad. Le rendez-vous se déroula aussi bien que possible. En gros, c'était nul.

« Va te faire foutre » fut la réponse de Chad.

Je n'avais pas besoin que Beck ou Cade fasse bouclier, mais j'étais sacrément content qu'ils soient là. Ils avaient une expérience que je n'avais pas avec Chad et avec l'équipe.

Je soutins le regard brun plat de Chad. « Tu as le droit d'avoir une opinion, mais la décision est définitive. » Je ne me souciais pas de lui donner plus de détails, vu qu'il avait contesté tous mes arguments jusqu'à présent.

Chad me regarda, puis Cade, puis Beck, ses lèvres retroussées en un ricanement. Quand ses yeux revinrent vers moi, il secoua la tête. « Ils savent que tu kiffes Susannah ? »

Je gardai une expression neutre, mais j'étais vraiment énervé. « Je ne suis pas sûr de ce que tu sous-entends », répliquai-je.

« Qu'il ait un faible pour Susannah ou pour quelqu'un d'autre ici n'a franchement rien à voir avec ton licenciement », dit Beck catégoriquement. « Nous t'avons expliqué les raisons de notre décision. S'en prendre à Ward ne t'aidera pas. Si Ward n'était pas là, tu serais quand même renvoyé. »

Cade hocha la tête affirmativement. S'il avait noté le commentaire de Chad, ça ne se voyait pas sur son visage.

À mon grand soulagement, Chad n'insista pas plus. Il se leva, repoussant sa chaise d'un coup de pied. « Allez vous faire foutre quand même. Ça va me faire du bien de foutre le camp d'ici de toute façon. » Il claqua la porte de mon bureau.

Je me levai, le suivant rapidement. « Il faut que tu récupères tes affaires et que tu partes. »

Chad marmonna quelque chose par-dessus son épaule, mais fit ce que je lui dis. Il alla directement à son casier, prit son équipement et partit.

Le timing était bon, un heureux hasard. Aucun membre de l'équipe n'était là quand il sortit en trombe. En revenant à mon bureau, je vis Beck revenir du couloir avec trois tasses de café soigneusement équilibrées dans ses mains.

« Voilà », dit-il en glissant les trois tasses sur la table ronde qui occupait un coin de mon bureau. Je m'effondrai sur l'une des chaises avec un soupir et attrapai une tasse, avalant une longue gorgée.

« Merci », dis-je en inclinant ma tasse dans sa direction.

Beck hocha la tête. « Aucun problème. Ça fait toujours du bien un café après une tâche pourrie. »

« C'est vrai », répondis-je en pensant à autre chose. Je me demandais si j'avais besoin de reparler du commentaire de Chad à propos de Susannah. Le truc, c'est que je me fichais de ce que les autres pensaient. Pour moi ce n'était pas grave. Mais je savais que Susannah ne le verrait pas du même œil. Que ça m'importe personnellement ou non, il y avait une dynamique d'équipe à aborder.

Je faisais confiance à Beck et Cade, même si je ne les connaissais que depuis peu de temps. Je pensai que je pouvais aller droit au but. « Merci d'être venus en renfort. Ça ne me dérange pas qu'il soit en colère contre moi, mais c'était sympa d'avoir votre soutien parce que vous le connaissez mieux que moi. »

Cade hocha la tête, prenant une gorgée de son café, son regard lourd. Mais il ne dit rien.

Beck, le plus bavard des deux, haussa les épaules. « Il s'est comporté exactement comme je m'y attendais. Son attitude est la raison pour laquelle il aurait dû être licencié bien plus tôt. »

Leur jetant un coup d'œil, je pris une gorgée de café et posai ma tasse. « Ça vous embête si je vous demande un conseil ? »

Fidèle à lui-même, Cade se contenta de hocher la tête. Beck, de son côté, afficha un sourire. « Oh, on adore donner des conseils. Envoie. »

« Ce commentaire qu'il a fait à propos de Susannah ? C'est vrai. On s'est formés ensemble il y a des années. Je n'aurais jamais pensé la revoir. Bon sang, quand j'ai pris ce poste, je n'ai su qu'elle était là que quand j'ai accepté le contrat. Je vous fais confiance pour ne rien dire à personne. Elle me tuerait et plus encore si elle savait que je vous en ai parlé. Pour compliquer les choses, elle est enceinte. »

Beck faillit cracher son café. Cade perdit son attitude éternellement calme, ses yeux s'écarquillant et sa bouche s'ouvrant légèrement.

« Merde », déclara Cade. « C'est pas ce que je m'attendais à entendre. Le bébé est de toi ? »

« Bien sûr. »

Beck passa ses mains dans ses cheveux, sans savoir quoi dire pour une fois. « Putain de merde. Qu'est-ce qu'elle va faire ? »

« Elle veut garder le bébé. » Au moment où je dis ces mots, mon cœur se serra, l'émotion prenant ma gorge. J'essayai de me reprendre parce que, même si je leur faisais confiance, je n'étais pas prêt à être aussi vulnérable que ça avec eux. Ce n'était pas mon genre.

Cade se ressaisit et pencha la tête. « Eh bien, il y a le problème évident que vous allez avoir un bébé. C'est énorme. Et sur une note pratique, il y a des trucs d'équipe à gérer. Mais c'est peut-être plus simple que ce que tu penses. »

« Comment ça ? », intervint Beck, posant commodément ma question pour moi.

Cade haussa les épaules. « Eh bien, Susannah ne pourra pas travailler très longtemps en étant enceinte. Je n'ai pas vérifié le protocole depuis un moment, mais je pense qu'après le premier trimestre, elle n'est même pas censée aller sur le terrain. Ça pourrait résoudre ton problème. Quand elle reviendra de son congé, ce serait peut-être mieux si elle intégrait une autre équipe. »

Je secouai vivement la tête. « Non. » Je refusais d'envisager d'être séparé de Susannah pendant des semaines d'affilée. Et en même temps, je ne voulais pas réfléchir à ce que ça voulait dire sur moi et sur ce que je ressentais pour elle.

Beck arqua un sourcil. « Tu penses que tu vas réussir à donner des ordres à Susannah ? Bonne chance. »

Je ris. « Tu penses qu'elle ne sera pas d'accord ? »

« D'accord pour rester dans ton équipe ? », demanda-t-il.

À mon hochement de tête, Cade prit la parole. « Je connais Susannah depuis des années. Elle n'aime *pas* qu'on lui dise quoi faire. »

La réalité de cette conversation me frappa comme une brique. Je faisais comme si c'était une affaire conclue que Susannah et moi allions nous mettre ensemble. J'étais foutu. Ma vie était complètement chamboulée par l'arrivée de choses que je ne comprenais même pas. Je n'avais aucune idée de ce que je faisais.

Quelque chose dut transparaitre sur mon visage car Beck regarda Cade, un sourire rusé tirant les coins de sa bouche. « Tu as l'air choqué par l'impact qu'elle a sur ta vie, et à quel point tu tiens à elle. Laisse-toi aller, profite. Susannah est géniale, et tu as l'air... C'est quoi le mot ? »

« Dingue d'elle », proposa Cade pour aider.

Chapitre Dix-Huit

SUSANNAH

Les mains sur mes hanches, je me tenais dehors, regardant l'un de mes collègues sortir en courant d'une maison en feu. Le vent soufflait en rafales, mais les nuages bougeaient vite. Nous avions été appelés pour un incendie dans une ville voisine. Un pavillon de pêche avait pris feu lorsqu'un des conduits de cheminée était devenu trop chaud. Le pavillon était tentaculaire et rempli d'invités, ce qui signifiait que nous étions bien occupés. Pour le moment, l'équipe se concentrait sur la sécurité des invités.

Pendant ce temps, j'étais saoulée, franchement je ruminais, je ne comprenais pas vraiment ce que je ressentais. J'étais énervée. Ward, qui était beaucoup trop autoritaire, m'avait postée près du camion, pour surveiller. Il m'avait ordonné de ne pas entrer dans le bâtiment. Je n'aimais pas me sentir inutile. L'une des choses que j'aimais dans le fait d'être pompier était de charger et d'aider. Je n'avais jamais été de celles qui préféraient garder leurs distances. Pourtant, c'était ce que je faisais aujourd'hui.

Quelques-uns d'entre nous devaient rester près des

camions. Ward, bien sûr, était dans le vif de l'action. Il était entré et sorti plusieurs fois du bâtiment, escortant un certain nombre d'invités en toute sécurité, ainsi que le reste de notre équipe.

Ma colère envers lui se mêlait à mon inquiétude de le voir en danger. Ce n'était pas un sentiment étranger. Bon sang, quand on fait partie d'une équipe comme celle-ci, vous êtes proches de tout le monde. À l'exception de Chad, que j'avais été soulagée de voir renvoyé rapidement, j'étais proche de toute mon équipe. Je faisais partie de cette équipe depuis trois ans maintenant.

Être inquiète pour mes collègues était un sentiment commun. Mais l'inquiétude que je ressentais pour Ward était totalement différente. Mon cœur battait la chamade et ma poitrine se serrait à chaque fois que je le voyais retourner en courant dans le bâtiment. Pendant ce temps, j'étais coincée sur la touche.

Quelques heures plus tard, nous étions de retour à la caserne, fatigués et crasseux. Les gars se pressaient dans les douches qu'ils partageaient, tandis que je me dirigeais vers la plus petite salle de douche pour les femmes. Nous n'étions pas nombreuses pour le moment, un total de deux, moi-même et Harlow May. Harlow avait rejoint l'équipage de Cade un mois plus tôt. Elle était grande et forte et savait se défendre. Elle était également magnifique avec ses cheveux noir brillant et ses yeux marron foncé, mais elle semblait ne pas le savoir et était tellement garçon manqué qu'elle s'intégrait facilement avec les gars.

J'étais en train de rincer le savon de mes cheveux quand j'entendis la voix d'Harlow. « Mon Dieu, parfois je suis tellement contente que tu sois là. Je détesterais être la seule femme dans cette caserne », déclara-t-elle en guise de bonjour.

Elle fit couler l'eau alors que je relevais la tête et je la regardais avec un sourire. « Oh, à qui le dis-tu. Depuis trois ans que je suis ici, tu n'es que la deuxième femme à m'avoir rejoint. »

On se douche en silence pendant encore quelques minutes. Alors que je coupais l'eau et que je passais devant elle, elle emboîta le pas. Nous étions dans le petit vestiaire quand elle jeta un coup d'œil dans ma direction, ses yeux un tantinet curieux.

« Tout va bien ? », demandai-je.

Harlow me fixa un instant comme si elle réfléchissait à ses mots. Enfin, elle parla. « Je suis désolée, je n'essaie pas de me mêler de ce qui ne me regarde pas, mais tu es enceinte ? »

Ma mâchoire tomba et je sentis mes joues chauffer. Merde. Le regard sur mon visage dut donner la réponse parce qu'elle sourit doucement. « Donc c'est un oui ? »

Je hochai la tête lentement. « Comment t'as su ? J'en suis qu'à quelques semaines. » *Presque sept semaines, pour être précise*, mais je ne le dis pas à voix haute.

Elle haussa les épaules. « J'ai été enceinte. » Elle leva ses mains jusqu'à ses seins puis se tapota le ventre. « Ce n'est pas grand-chose, mais je le vois. Non pas que je t'ai reluquée, mais bon, tu as un peu changé. »

Mes pensées s'emmêlèrent dans ma tête. Je savais qu'elle n'avait pas d'enfant, donc je n'étais pas sûre de ce que ça voulait dire. Comme si elle lisait mon expression, elle expliqua. « J'ai fait une fausse couche à quatre mois », déclara-t-elle d'un ton neutre.

« Je suis désolée », proposai-je, ne sachant pas quoi dire d'autre.

La tristesse passa au fond de ses yeux. « C'est la vie, j'imagine. C'était pas le bon moment, et je n'avais pas prévu de tomber enceinte. Mais une fois que je l'étais, j'ai voulu garder le bébé. J'ai eu un accident sur le terrain, une mauvaise chute. Le médecin a dit que ça pouvait avoir causé ma fausse couche ou pas, mais quand même. Ce ne sont pas mes affaires, mais si tu veux vraiment ce bébé, fais attention à ce que tu fais sur le terrain. Tu devrais probablement dire à Ward ce qui se passe, pour qu'il te ménage. »

Je la fixai durement, mes pensées dégringolant dans tous les sens. La peur me poignarda : l'idée même de faire une fausse couche me donnait envie de pleurer. Intellectuellement, je savais que c'était une possibilité dans chaque grossesse, mais ce n'était pas mon cerveau qui parlait ou une situation hypothétique. Tout était bien réel. Je me secouai mentalement, forçant mon attention à revenir sur elle. « Je suis vraiment désolée que ça te soit arrivé. »

Harlow haussa les épaules, même si son regard était sombre. « Ça va. C'était il y a deux ans maintenant. Comme je l'ai dit, ce n'était pas le bon moment dans ma vie. Plus le gars avec qui j'étais, qui aurait été le père... Eh bien, on peut dire que c'était un connard. Ou plus exactement, un chien de chasse. Il me trompait beaucoup. Je me suis promis que si quelque chose comme ça se reproduisait, ce ne serait pas avec un connard. » Elle s'arrêta, son regard prudent. « J'imagine que tu prévois de garder le bébé. »

À mon hochement de tête, elle sourit doucement. « Toutes mes félicitations. »

On resta là, à nous regarder. Je ne savais pas quoi dire d'autre à ce stade. J'étais tellement paniquée par son expérience que je me battais pour rester calme. Je fus sauvée par l'interphone de la station qui sonna quand Maisie signala un autre appel pour un incendie à la périphérie de la ville.

Bien que les trois équipes stationnées ici soient des

équipes de pointe, formées pour être envoyées dans des milieux sauvages, nous répondions également aux appels locaux. Comme Willow Brook n'était en aucun cas une grande ville, nous gérions toutes les communautés des environs jusqu'à Anchorage. En soi, nous étions toujours occupés.

Harlow se précipita vers son équipement, courant pour trouver Cade. En attendant, je ne savais pas quoi faire. Aussi irritée que j'aie été par la décision de Ward plus tôt, apprendre que Harlow avait fait une fausse couche me terrifiait.

Je n'étais pas complètement habillée quand l'appel était arrivé, et je restai là à réfléchir à ce que je devais faire. Techniquement, je devrais aller voir Ward, mais il était sans doute occupé. Comme s'il avait été conjuré par la pensée, on frappa à la porte du vestiaire.

« Susannah ? »

Ward prononçant mon nom déclencha une foule d'émotions en moi. « Tu es habillée ? », demanda-t-il à travers la porte.

« Une seconde », appelai-je en enfilant rapidement mon jean et en enfilant un t-shirt.

M'avançant vers la porte, je l'ouvris. Ward se tenait là, déjà en tenue de terrain. Lui faisant signe d'entrer, je fermai la porte derrière nous. Son regard me parcourut, sa chaleur me brûlant. Il resta près de la porte, dégageant un sentiment brut, comme s'il essayait de garder quelque chose sous contrôle. Ses yeux verrouillés sur les miens, il dit : « Harlow a dit que tu voudrais peut-être me parler avant ton retour sur le terrain. »

Je hochai la tête, me battant avec moi-même. Une partie de moi était toujours en colère contre lui. Je n'aimais pas qu'il prenne mes décisions pour moi, qu'il me limite. Mais j'adorais me sentir protégée. J'adorais ça, mais je détestais le sentiment de faiblesse que ça représentait pour moi.

Avant d'y penser, je laissais échapper ce que Harlow m'avait dit. « Elle a fait une fausse couche, un accident sur le terrain. Je ne sais pas... » Mes mots s'éteignirent alors que l'émotion prit ma gorge.

Ward ferma le verrou de la porte derrière lui et se rapprocha, s'arrêtant immédiatement devant moi, si près que je pouvais sentir sa chaleur.

« Je sais que tu étais en colère tout à l'heure, mais c'est pour ça que je t'ai demandé de rester en retrait. Il faut qu'on en parle, qu'on ait un plan. Si tu n'es pas d'accord avec moi là-dessus, je ne sais pas quoi faire. »

« Je suis quoi pour toi ? », demandai-je, la question s'échappant spontanément.

Ses yeux brillaient d'argent et de feu alors qu'il me fixait. « Tout ce que je sais, c'est que je ne veux pas te mettre en danger, toi ou notre bébé. »

Mon cœur martelait dans ma poitrine, et ce besoin, un besoin très spécifique à Ward, monta en moi. J'avais l'impression que Ward frappait aux portes qui protégeaient mon cœur. Je n'arrivais pas à séparer mon désir de mes émotions. Du moins pas quand il s'agissait de lui.

« Pour ce soir, je resterai en retrait si ça te va. » Je n'avais pas prévu de le dire, mais c'est ce qui sortit.

Son expression s'adoucit, le soulagement envahissant ses traits alors que la tension diminuait. Il m'attira rapidement dans ses bras, dans une étreinte protectrice. Soudain, j'eus envie de pleurer. Mais ce n'était vraiment pas le moment. Il fallait qu'il s'en aille. Je déglutis lourdement et m'éloignai. « Tu dois y aller, qu'est-ce que tu vas dire à l'équipe ? »

« Que tu ne te sentais pas bien. C'est tout. » Il

ouvrit la bouche comme pour dire autre chose et la referma brusquement. « Je dois y aller. »

Il s'éloigna et je le regardai partir, mes yeux suivant le balancement de ses épaules.

Au moment où il disparut, mon esprit reprit sa bataille interne. Je n'arrivais pas à croire que j'avais cédé à ma peur si facilement. Ce n'était pas celle que j'étais. Mais l'expérience de Harlow était difficile à ignorer.

WARD

De retour à la caserne tard dans la nuit, je me douchai et m'habillai avant de m'enfoncer dans le fauteuil de mon bureau et de me demander ce qu'il fallait que je fasse. La journée d'aujourd'hui n'avait rien d'inhabituel pour l'équipe. D'ailleurs, ça avait été une journée légère pour nous. Gérer un incendie et pouvoir rentrer à la caserne le même jour était plus sécuritaire et plus facile que d'aller au milieu de nulle part et d'être livrés à nous même pendant des jours face à un feu de forêt.

Je savais que Susannah avait été furieuse contre moi plus tôt dans la journée. Ma décision de la faire rester près du camion avait été prise sur le moment, je n'en avais pas discuté avec elle à l'avance. Franchement, je n'y avais même pas réfléchi avant de le dire. Tout ce que je savais, c'était que je ne pouvais pas supporter de la mettre en danger, alors j'avais simplement fait ce que je devais faire pour la garder à l'écart.

Quand Harlow était venue me voir pour me dire de parler à Susannah, j'avais paniqué, de peur qu'elle ait eu un accident sous la douche. C'était ridicule. Je ne doutais pas une seconde de sa force. Mais le besoin de la protéger, elle et notre bébé, passait avant tout.

Quand elle m'avait parlé de la fausse couche d'Harlow et que j'avais vu la peur dans ses yeux, j'avais été tellement soulagé qu'elle décide toute seule de rester en retrait ce soir. Maintenant, j'étais confronté par la réalité de notre situation.

Sa question n'arrêtait pas de résonner dans mon esprit, en me narguant. « Je suis quoi pour toi ? », avait-elle demandé.

Deux mots m'étaient venus à l'esprit.

Tout. Mienne.

Maintenant, j'étais assis dans mon bureau en fin de soirée pendant que mon équipe allait au bar. Tout ce que je voulais, c'était aller la trouver et me blottir contre elle. Parce que si elle était dans mes bras, je savais qu'elle était en sécurité.

Je sortis mon téléphone de ma poche. Ne m'autorisant pas à y penser plus longtemps, je trouvai son numéro et envoyai un texto.

J'arrive.

Chapitre Vingt

SUSANNAH

J'arrive.

Au moment où je vis son texto, j'étais encore en guerre avec moi-même, mes émotions se battant les unes contre les autres. Il était tellement autoritaire, tellement dominant. Il m'énervait et j'adorais ça.

Mes doigts me démangeaient avec l'envie d'écrire une réponse. Mais je savais que ce ne serait pas mature. La vérité était que je voulais qu'il vienne. Comme j'étais stressée, je décidai de nettoyer la cuisine. Non pas qu'il y avait beaucoup à nettoyer, mais j'avais quelques plats sales et j'avais besoin de ranger le réfrigérateur. J'avais la tête dans ledit réfrigérateur lorsque j'entendis frapper à la porte, la vis s'ouvrir, puis entendis la voix de Ward.

Avant même que je puisse sortir du réfrigérateur, je le sentis passer derrière moi et ses mains glissèrent sur la courbe de mes hanches et de mes fesses. Tout en me redressant, je me retournai, fermant la porte du réfrigérateur derrière moi. L'air frais m'avait congelée, et mes tétons étaient tendus en deux petites pointes. Je sentis son regard baisser puis remonter. Mes joues chauffèrent.

« Ce n'est pas à cause de toi », dis-je, presque agacée par la réponse de mon corps. Je ne mentais pas au départ, mais au moment où je le regardai, chaque cellule de mon corps fredonna.

Quand il sourit, de ce sourire dangereux, mon ventre se mit à vibrer. Encore plus énervée par mes réactions, je changeai de sujet. « Comment ça s'est passé ? »

Il haussa un sourcil, comme s'il ne savait pas ce que je voulais dire. Je précisai : « Le feu. »

« Rien de majeur. Un gars a décidé de faire un feu de broussailles géant et a fini par enflammer la forêt à côté de sa maison. Une chose que j'ai remarquée ici, c'est que les règles sur les feux sauvages sont plutôt laxistes. »

Je ris. « Oh, oui. La plupart des villes ont des interdictions générales de faire des feux quand il fait très sec, mais la plupart des régions distribuent des permis pour tout l'été. Ça crée des problèmes. »

Son regard se calma alors qu'il me fixait, ses mains toujours posées sur mes hanches où elles étaient restées quand je m'étais tournée. « Il faut qu'on parle. »

J'avais beaucoup réfléchi cet après-midi et j'étais arrivée à quelques conclusions personnelles. La seule chose sur laquelle je n'étais pas tout à fait au clair était notre relation à tous les deux. Mais pour le reste, je me considérais comme raisonnable.

« Je sais. J'y pense depuis cet après-midi. J'en parlerai à mon médecin demain. Elle a déjà dit qu'elle pouvait me faire une lettre pour m'excuser des travaux lourds. Le reste de l'équipe n'est pas obligée de savoir que je suis enceinte. Enfin, par tout de suite. Ça me gagne un peu de temps », expliquai-je.

Ses yeux tenaient les miens, l'intensité de son regard envoyait une vague d'émotion dans mes nerfs. Il était calme, n'acquiesçant qu'après un temps.

« Est-ce que tu vas dire quelque chose ? », demandai-je enfin.

« Je pense que c'est une bonne idée », dit-il.

Avant que je puisse dire quoi que ce soit d'autre, ses lèvres étaient sur les miennes, sa main s'emmêlant dans mes cheveux, et j'étais emportée dans le battement fou et intense de l'intimité qui nous unissait.

Ce qui était tout aussi bien. Moins on parlait, mieux c'était.

Chapitre Vingt-Et-Un

SUSANNAH

Le docteur Jenkins s'adossa à sa chaise, ajustant ses lunettes. Au bout d'un moment, elle prit la parole : « Je suis très heureuse de vous écrire une dispense de travail, et franchement, je suis soulagée que vous ayez assez de bon sens pour le demander. Je suis la première à vous dire que j'encourage mes patientes à ne pas stresser pendant leur grossesse. Je leur dis la vérité, que les femmes font des bébés depuis la nuit des temps. C'est une partie normale et courante de la vie. Mais je n'ai pas beaucoup de patientes qui ont un travail aussi épuisant que le vôtre. »

Je m'assis sur la table d'examen devant elle, j'avais froid dans la fine robe de coton que je portais, torturant mes mains posées sur mes genoux et hochant la tête en l'écoutant. Avant que je m'en rende compte, une larme coulait sur ma joue. Le docteur Jenkins se leva et s'appuya contre la table à côté de moi, attrapa une boîte de mouchoirs sur le comptoir et m'en tendit un.

« Ce ne sont pas mes affaires, et si vous ne voulez pas en parler, je respecte ça. Mais je me demande qui est le père, et s'il s'implique. Comme je vous l'ai dit, vous allez ressentir beaucoup de changements d'humeur à cause des fluctuations hormonales. Mais vous n'avez rien dit sur qui est le père et comment ça vous affecte. Ce n'est en aucun cas un reproche. Certaines des meilleures mères que je connaisse sont des mères célibataires. Mais si le père est impliqué, ce serait peut-être bien qu'il fasse partie de quelques-uns de nos rendez-vous », dit-elle doucement.

Je commençais à réaliser que mon médecin me connaissait mieux que je ne le pensais. Elle voyait si facilement ce qui se cachait derrière mes larmes et ça me dépassait. Je me mouchai et hochai la tête.

Mon esprit revint à la nuit précédente, quand Ward m'avait prise sur le plan de travail de la cuisine, si fort et si vite que j'avais vu des étoiles, et que je m'étais presque évanouie pendant mon climax. L'intimité que je ressentais avec lui était saisissante. Pourtant, nous n'en avions pas parlé, et je n'en avais certainement pas envie. Quand le docteur Jenkins avait dit que mes hormones m'affecteraient, je m'étais demandé si elle voulait dire que j'aurais une libido hors de contrôle.

Même si je savais que la nouvelle de ma grossesse était une surprise pour Ward, je ne savais pas s'il voudrait assister à ces rendez-vous. Je n'étais pas sûre d'avoir envie qu'il vienne. Je commençais à m'inquiéter pour moi. Parce que j'avais des éclairs d'espoirs, de souhaits et de rêves que je n'avais jamais envisagés, tous comptaient Ward dans le rôle principal.

Je me sentais comme une idiote, qui voulait le mariage, la belle maison et le bébé. Quelque chose que je n'avais jamais su que je voulais autant. Pourtant, sans Ward dans toutes ces équations, je ne voulais aucune de ces choses. Je ne pensais déjà pas qu'elles avaient un sens en tant que tel. J'attribuais toutes mes envies aux circonstances accablantes.

Je sortis un autre mouchoir de la boîte et jetai un coup d'œil au docteur Jenkins. Son regard était chaleureux et gentil derrière ses lunettes. Elle sourit doucement. « Eh bien, ça ne vous fera peut-être pas vous sentir mieux, mais c'est la vérité. Que les grossesses soient prévues ou que les gens soient mariés ou non, d'après mon expérience, rien de tout cela n'a quoi que ce soit à voir avec ce qui se passe sur le long terme. »

Je pris une inspiration tremblante et hochai la tête. « Je vais lui parler. Ce serait peut-être bien qu'il vienne à l'un de ces rendez-vous. » Même si je l'avais dit, mes sentiments sur le sujet étaient confus. Je n'étais pas sûre que c'est une bonne idée.

Elle s'éloigna, cliquant sur l'écran de son ordinateur portable et regardant son calendrier. « On peut programmer votre première échographie dans quelques semaines, puis la suivante entre dix-huit et vingt-deux semaines. À ce moment-là, vous pourrez savoir si c'est un garçon ou une fille. Si vous voulez savoir le sexe, en tout cas », dit-elle d'un ton neutre. « Posons les rendez-vous maintenant. Je demanderai à notre réceptionniste de vous donner l'horaire en partant. » Elle tapota quelques touches en parlant.

Des larmes coulèrent à nouveau sur mes joues, cette fois, non pas de tristesse, mais d'un sentiment de joie précipitée. Je n'avais peut-être pas prévu ce bébé, je n'étais peut-être pas préparée, et j'étais peut-être complètement perdue sur ce que ça signifiait pour Ward et moi, mais il y avait une joie profonde qui montait à travers la mêlée.

———

Tard dans la soirée, mon téléphone sonna sur le comptoir de la cuisine. L'anticipation monta rapidement en moi. Ward et moi n'avions pas encore parlé aujourd'hui. J'avais complètement arrêté de travailler parce que je n'étais tout simplement pas prête à revenir. Quand je pris mon téléphone sur le comptoir et que je vis un texto de sa part, je souris, emplie de joie.

J'arrive.

Jetant un coup d'œil à l'horloge, je calculai qu'il serait là dans environ quinze minutes. Pleine d'énergie nerveuse, je commençai à plier le linge. Ça me donnait quelque chose à faire pendant que j'attendais. Quand j'entendis sa voiture arriver dans l'allée, je dus retenir l'envie d'aller le retrouver dehors.

Quand il entra, je levai les yeux du canapé alors que je mettais une paire de chaussettes dans le panier à linge. Fermant la porte derrière lui, il s'arrêta, ses yeux se verrouillant sur les miens de l'autre côté de la pièce. C'était comme si une bande d'électricité nous reliait l'un à l'autre, l'air était vibrant et lourd. Il enleva ses bottes et enleva sa veste, l'accrochant au portemanteau près de la porte.

« Tu as dîné ? », demanda-t-il.

Je secouai la tête et il sourit lentement. « Super, je viens de commander une pizza. Je ne voulais pas m'imposer, mais je meurs de faim, putain », dit-il sans détour. Je le fixai, des pensées me traversant l'esprit.

Mes mots me surprirent. « Mon médecin veut savoir si tu veux venir à l'un des rendez-vous », laissai-je échapper.

Au moment où je parlai, je voulus reprendre les mots. *Hormones, hormones.* Je n'étais pas obligée d'en faire tout un pataquès.

Ward avait commencé à traverser la pièce et s'était

arrêté net au centre, ses yeux s'écarquillant sous le choc. « Je crois que je n'y avais même pas pensé. »

Regrettant d'avoir dit quoi que ce soit, je haussai les épaules pour faire comme si ce n'était rien. « Ce n'est pas grand-chose. Je n'aurais rien dit si elle ne l'avait pas suggéré. »

J'étais soulagée d'entendre le bruit d'une voiture qui descendait l'allée. Notre conversation maladroite allait être commodément interrompue par le livreur de pizza.

Chapitre Vingt-Deux

WARD

Le soleil qui traversait les fenêtres me réveilla le lendemain matin. Au fur et à mesure que ma conscience émergeait, je me sentais de plus en plus détendu et de super humeur. Oh, et j'étais dur comme du bois. Avec le corps chaud et doux de Susannah recroquevillé contre le mien, c'était sans doute une évidence.

Hier soir, nous avions mangé une pizza puis nous nous étions allongés sur le canapé. J'avais découvert qu'elle n'aimait pas particulièrement la télévision, mais qu'elle pouvait facilement se laisser entraîner dans une émission de science-fiction. Rien que d'y penser, un sourire se dessina aux coins de ma bouche.

Mes mains avaient leur propre esprit. Je m'étais commodément réveillé avec l'un de ses seins dans ma paume. Savourant son poids luxuriant, je passai mon pouce sur son mamelon, satisfait quand il se plissa sous mon toucher. Je laissai mes doigts dériver pour taquiner son autre mamelon, ma bite se durcissant davantage à chaque instant où je me permettais d'explorer son corps.

Bien qu'elle se soit un peu détendue lorsque nous regardions la télévision, j'avais senti qu'elle était tendue la nuit dernière. Je ne savais même pas si nous allions dormir ensemble jusqu'à ce qu'elle s'endorme dans le canapé. Je l'avais trouvée profondément endormie, ses pieds repliés sous ses hanches et sa tête appuyée contre mon épaule.

Sans y penser, je l'avais soulevée et portée jusqu'au lit. Après l'avoir laissée en t-shirt et sous-vêtements, je m'étais installé à côté d'elle dans le lit, me promettant que je ne restais pas pour coucher avec elle. Mes intentions avaient été pures la nuit dernière, mais ce matin, c'était autre chose. Elle était trop près et son parfum musqué qui flottait dans l'air était trop tentant.

Avec ses fesses rondes pressées contre ma bite, peu importait qu'il y ait deux couches de tissu entre nous. Alors que je taquinais ses mamelons, elle bougea dans son sommeil, un doux gémissement s'échappant de ses lèvres. Je ne pus résister. Je devais la goûter. Avec ma main libre, j'écartai ses cheveux de sa joue et baissai la tête, déposant des baisers le long de sa peau douce.

Ses jambes bougèrent et elle commença à rouler vers moi. Je n'étais pas sûr de vouloir qu'elle se réveille parce que j'avais peur qu'elle commence à réfléchir. Repoussant cette inquiétude, je me concentrais sur les sensations. Elle était si bonne, sucrée et salée. Je pinçai légèrement un de ses mamelons avec mon pouce et mon index, grognant presque de satisfaction quand elle se cambra dans ma paume.

« Ward », murmura-t-elle, la voix endormie.

« Hum ? »

Un autre gémissement s'échappa quand je touchai à nouveau son mamelon. Elle roula vers moi, ses yeux ouverts, bleus et brumeux de sommeil et d'un désir évident. Elle s'éclaircit la gorge, ses lèvres entrouvertes. Si elle voulait dire quelque chose, elle ne le fit pas. Elle leva la main, prit ma joue et fit glisser son pouce le long de ma mâchoire.

Bougeant à l'instinct, je me déplaçai pour qu'elle puisse rouler sur le dos, puis je plongeai ma tête et l'embrassai. Bon sang. J'aurais pu l'embrasser pendant des jours. Au moment où nos langues s'emmêlèrent, notre baiser devint sauvage, plein d'envie.

Je remontai son t-shirt, le faisant glisser par-dessus sa tête, n'arrachant mes lèvres que le temps de la mettre nue sous moi. Gémissant à la sensation de sa peau soyeuse contre la mienne, chaude de sommeil, je me libérai enfin de notre baiser, traçant un chemin humide le long de son cou et dans la vallée de ses seins. Les prenant tous les deux en coupe, je léchai l'un, puis l'autre en savourant ses doux cris et sursauts contre mon corps.

Traçant mon chemin vers le bas, déposant des baisers sur son ventre, je savais exactement où je voulais enfouir ma langue. Mais elle se mit sur ses coudes, me repoussant. J'avais oublié à quel point elle était forte. Et j'avais oublié à quel point elle était rapide. En quelques secondes, elle m'avait mis à plat sur le dos et me chevauchait.

Levant les yeux, ma bouche s'assécha, mon cœur martelant mon torse. Susannah était glorieuse, ses cheveux blond vénitien attrapant les reflets dorés du soleil à travers les fenêtres, ses seins pleins avec ses mamelons rose sombre tendus, humides de mes attentions. Des taches de rousseur étaient éparpillées sur son corps, et je les aimais toutes. C'étaient des constellations, rien qu'à elle, et je voulais toutes les cartographier, embrasser chaque tache de rousseur.

Elle fit rouler ses hanches sur ma bite, le tissu fin de sa culotte sur mon slip créant une brûlure subtile.

Ma bite palpitait de besoin. J'agrippai ses hanches, mais elle repoussa mes mains, se balançant en arrière et attrapant mon slip sur son chemin. Elle passa ses lèvres sur mon torse et mon ventre, mes muscles ondulant sous son toucher. En un rien de temps, elle avait libéré ma bite et repoussé mon slip jusqu'à mes chevilles.

Le retirant complètement sous les draps, je retombai contre les oreillers. Les ajustant sous ma tête, je baissai les yeux. Ses cheveux étaient emmêlés autour de son visage, ses joues rouges et ses lèvres gonflées par nos baisers. Ses grands yeux bleus croisèrent les miens, brillants d'envie. Elle sourit alors que sa langue sortit et qu'elle attrapa une goutte de pré-sperme le long de mon membre.

La voir là, tellement chaude, envoya une autre secousse de besoin dans tout mon corps et une autre goûte m'échappa. Elle fit tourner sa langue autour de mon gland, ses yeux sur moi tout du long. Elle était tellement sexy, tellement chaude que je pouvais à peine respirer. Prenant mes couilles dans sa main, elle traîna sa langue le long d'un côté puis de l'autre de ma bite. J'avais l'intention de la regarder, de m'imprégner de chaque instant, mais je gémis, retombant contre les oreillers, quand elle me prit dans sa bouche. Sa langue me rendait fou, tourbillonnant le long de la base de ma bite, sa main se serrait autour de moi avec des coups humides, elle me suça comme personne ne l'avait jamais fait.

Ma libération approchait plus rapidement que je ne le voulais alors qu'elle me pompait fort. « Zanna... J'ai besoin de te prendre. Maintenant », grognai-je.

« C'est ce que tu veux ? »

Levant la tête avec effort, je rencontrai son regard, ses yeux sombres de besoin et une lueur méchante vacillant au fond. Comme si elle savait le pouvoir qu'elle avait sur moi. À mon hochement de tête, elle passa sa langue le long de ma bite une fois de plus avant de se lever, d'enlever sa culotte et de me chevaucher.

Elle était trempée de désir, glissant d'avant en arrière sur mon sexe. J'allais venir si vite que je dus saisir ses hanches et la ralentir.

« Je veux te *prendre* », dis-je. Plus un ordre qu'une demande.

Les yeux brillants, elle se leva, atteignant ma bite. Elle se calma et il fallut toute ma discipline pour ne pas prendre le contrôle. La tête de ma bite était à l'entrée de son canal palpitant, sa chaleur m'appelant. Elle leva les yeux alors, son regard se verrouillant sur le mien alors qu'elle s'abaissait lentement sur moi, avalant chaque centimètre de mon membre.

Quand je fus complètement enfoui en elle, elle resta immobile puis commença à bouger, remontant lentement et roulant des hanches vers le bas. Je ne savais pas combien de temps je pourrais tenir, pas en la voyant sur moi, ses seins saillants vers l'avant, ses mamelons durs et humides, son ventre portant un soupçon de rondeur maintenant, et ses fesses luxuriantes tenues dans mes mains.

Mon Dieu, j'aurais pu venir simplement en la regardant. Je posai mon pouce entre nous, appuyant sur son clitoris et grognant quand elle cria et commença à trembler autour de ma bite. Quand elle cria mon nom, je lâchai prise, mon orgasme la remplissant.

Susannah tomba contre moi, sa tête reposant dans le creux de mon cou et son souffle contre ma peau. Je la serrai fort. J'aurais pu rester là pour toujours, enfoui au plus profond d'elle, mon besoin temporairement assouvi.

Je n'aurais pas cette chance cependant. Après quelques instants à reprendre notre souffle, elle se redressa lentement, ses paumes reposant sur mon torse. En ouvrant les yeux, je la vis regarder par la fenêtre. Je pris un moment pour profiter de cette vue, ses joues rouges, ses cheveux ébouriffés et sa peau entièrement rose. Mon cœur se serra ma poitrine. Je ne savais pas quoi faire des sentiments qu'elle suscitait en moi. Tout ce que je savais, c'était que tout s'emmêlait.

Chaque fois que je pensais à elle, la prochaine pensée était... *Nous allons avoir un bébé*. Je voulais comprendre mes sentiments, mais je ne savais pas comment les séparer. Il devenait de plus en plus clair que je la voulais pour celle qu'elle était. Chaque fois que j'essayais d'imaginer me séparer d'elle, même sans bébé, la réponse était sans équivoque. Je ne pouvais même pas y penser.

Elle se détourna de la fenêtre, me surprenant à la regarder. Quelque chose vacilla dans son regard, mais elle secoua légèrement la tête. « On devrait prendre une douche. »

SUSANNAH

« C'est quand ton prochain rendez-vous chez le médecin ? »

J'étais en train de verser de l'eau chaude dans une tasse et le comptoir, surprise et distraite par la question de Ward.

« Merde », marmonnai-je en prenant une éponge dans l'évier et en essuyant rapidement l'eau renversée.

Le moment me donna du temps pour calmer mon expression. Je n'avais pas eu l'intention de me réveiller à côté de Ward ce matin. Je m'étais dit hier soir que j'allais me comporter comme une personne rationnelle et non comme une femme enceinte et folle de sexe. Honnêtement, je n'aurais pas pu vous dire si j'étais avide de sexe parce que j'étais enceinte ou à cause de Ward. Étant donné que je n'avais jamais été enceinte auparavant, je n'avais rien connu de comparable. Si j'étais honnête avec moi-même, je pouvais admettre que mon attirance pour Ward avait atteint des niveaux de puissance que je n'avais jamais connus auparavant.

J'étais folle de désir *et* j'étais enceinte. Je fis une note mentalement d'en parler au docteur Jenkins, puis je n'ordonnai immédiatement d'oublier cette note. Parce que ce serait un peu gênant. Comment le dirais-je ? Les femmes sont-elles normalement excitées constamment quand elles sont enceintes ?

L'imperturbable docteur Jenkins répondrait probablement sans hésiter, mais ce serait presque mortifiant pour moi. Mes pensées revinrent à la question de Ward. Je m'étais dit que j'allais laisser cette balle dans son camp. Je ne voulais pas avoir d'attente et une grande partie de moi regrettait d'en avoir parlé. Mais ce serait plus étrange d'essayer d'annuler mon invitation, alors je décidai de la jouer cool.

Malgré mes meilleures intentions, je n'avais pas pu lui résister ce matin parce que... eh bien, parce que. Je n'aurais pas pu m'arrêter si le monde avait été en feu. Enfin, je crois que le monde était en feu quand il s'agissait de Ward et moi.

Une fois l'eau nettoyée, je rinçai l'éponge dans l'évier et me séchai les mains, enfin prête à lui répondre. Je finis de remplir ma tasse de thé, contemplant à quel point sa question m'avait surprise. Ward savait me mettre face à mon invitation. Enfin, j'étais peut-être un peu injuste. Je lui avais demandé s'il voulait aller à un rendez-vous chez le médecin avec moi. Maintenant, comme un être humain normal, il me demandait quand était mon prochain rendez-vous.

Prenant une gorgée de mon thé, je me retournai pour lui faire face. Une bonne gorgée de café à un moment stressant m'aurait aidé à supporter la plupart des situations, et le thé n'avait pas le même effet. J'allais devoir faire avec. « Attends, je vais regarder », réussis-je à dire, mon ton était remarquablement normal, étant donné à quel point j'avais perdu les pédales dans ma tête.

Je m'avançai vers lui et lui tendis la tasse de café

que je lui avais servie avant de renverser de l'eau partout. Je sortis la carte avec mes rendez-vous de mon sac et retournai au comptoir où il sirotait son café. En croisant son regard, je ne savais pas trop comment lire son expression.

Et si tu arrêtais de suranalyser tout ce qu'il fait ? À moins que tu ne veuilles avoir l'air aussi folle que tu l'es vraiment.

Avec un soupir mental, je fis glisser la carte sur le comptoir. Étonnamment, il attrapa son téléphone et nota rapidement la liste complète de mes trois prochains rendez-vous dans son calendrier téléphonique.

Je pris une autre gorgée de thé, puis une autre, essayant de me reprendre et de trouver quoi dire. Ça n'avait pas besoin d'être si stressant. Mais là encore, rien de tout ça n'était habituel.

C'était censé être une aventure d'un soir. Une aventure d'un soir plutôt mal pensée puisque je savais que cette fois nous allions nous revoir. Souvent. Ça s'était transformé en une grossesse, et maintenant bien plus d'une nuit avec lui. De ce que je voyais, Ward avait l'intention de s'impliquer dans la vie de notre bébé. Je ne savais pas ce que je ressentais à ce sujet. J'aurais de loin préféré une situation sans attache. Un bébé était l'opposé de cette idée. Je devais continuer à me rappeler que j'avais le droit de garder mes distances émotionnellement.

« Donc ça veut dire que tu veux venir à un rendez-vous ? », demandai-je enfin.

Il me rendit la carte. Je regardai la carte comme si elle pouvait me donner des réponses. Une autre gorgée de thé, puis j'accrochai mon pied au tabouret le plus proche de moi, le tirant suffisamment près pour m'asseoir.

Le regard de Ward était lourd alors qu'il me fixait.

Mon estomac se retournait et pendant un instant, je me demandais si j'allais vomir. Oh merde. J'allais vomir. Je me précipitai dans la salle de bain du rez-de-chaussée, atteignant les toilettes juste à temps.

Je vomis dans les toilettes et sentis ses mains repousser mes cheveux de mon cou. Je ne savais pas s'il était possible d'être plus indigne qu'agenouillée au bord des toilettes à vomir devant l'homme le plus sexy que vous ayez jamais connu.

Ward était plutôt pragmatique. Il m'aida à me lever, me mouilla un gant de toilette et me le tendit quand je repoussai ses mains. Après m'être tamponné le visage avec un chiffon frais et m'être rincée la bouche avec de l'eau et un bain de bouche, je retournai dans la cuisine.

« Nausée du matin ? », demanda-t-il.

Je me sentais bête. J'avais eu quelques nausées, mais c'était la première fois que je vomissais. « J'imagine », dis-je avec un rire penaud.

Ses yeux se plissèrent dans les coins avec un sourire. Bon sang, j'aimais quand il souriait. Par nature, c'était un homme sérieux. Il était grand, sombre et dangereux la plupart du temps, ce qui ne faisait que rendre ses rares sourires encore plus délicieux.

« Je ne pense pas avoir eu la chance de répondre à ta question. Si ça te va, je viendrai à tous les rendez-vous », dit-il, toujours aussi calme.

Comme si ce n'était pas complètement fou que je sois enceinte, nous n'avions rien prévu de tout cela, mais maintenant, apparemment, il voulait venir à tous mes rendez-vous. Eh bah, bordel.

Je le fixai, mon esprit trébuchant sur mes pensées. Une partie de moi était follement heureuse, tandis qu'une autre partie de moi pensait que c'était absurde. Au-dessus de ça se trouvait la partie de moi qui était agacée par la partie heureuse. Mon esprit était un chien à trois têtes. Bon sang. Quand je ne dis rien, son sourire s'évanouit.

« Je pensais que tu voulais que je vienne puisque tu as demandé. »

Je balançai ma tête de haut en bas comme une folle. « J'ai demandé ! C'est super que tu veuilles venir. Je n'étais juste pas sûre que tu en aies envie. Bien sûr que ça me va. »

Il haussa les épaules. « Je veux venir. »

J'aurais sûrement dû dire bien plus, peut-être sur le fait de ralentir. Mais, j'avais à nouveau envie de vomir.

Chapitre Vingt-Quatre

SUSANNAH

Quelques jours plus tard, je retrouvais Lucy pour déjeuner au Firehouse Café. Je commandai une fois de plus du thé au lieu d'un café parce que mon médecin m'avait suggéré de réduire ma consommation de caféine. Comment aurais-je pu savoir que ce serait aussi difficile ? Armée de mon thé et de mon scone aux myrtilles exactement comme je les aime, j'attendis l'arrivée de Lucy.

Lucy était l'une des nombreuses amies avec qui je pouvais déjeuner une fois de temps en temps. Aujourd'hui, j'avais besoin de conseils. Si quelqu'un pouvait m'en donner, c'était Lucy.

Quelques minutes plus tard, la sonnette au-dessus de la porte retentit et je jetai un coup d'œil pour voir Lucy entrer. Je souris au moment où je la vis. Elle était magnifique avec ses traits presque féeriques, des pommettes fines et un visage tout simplement magnifique. Pas qu'elle en ait quelque chose à faire. Elle travaillait dans le bâtiment et s'habillait toujours dans le thème. Aujourd'hui, elle portait une salopette sur un t-shirt ajusté. Ses cheveux blonds étaient coiffés d'une casquette de baseball et une traînée de saleté sur sa joue complétait le look.

Après avoir commandé son café, elle se dirigea vers moi. Se glissant dans le fauteuil en face de moi, elle me lança un large sourire.

« Hey ! On se disait avec Amelia qu'on ne t'avait pas vue depuis quelques semaines. Tu as raté notre dernière soirée entre filles. »

« Je sais, je faisais du sport ce soir-là. La prochaine fois promis. C'est la semaine prochaine ? »

À son hochement de tête, je souris. « Je serai là. Bref, comment ça va ? »

« Tout bien, comme d'hab », dit-elle avec un sourire. « On s'occupe du garage du père de Levi, et maintenant Levi veut construire une extension à notre maison parce qu'il pense qu'on devrait avoir trois chambres à coucher. »

« Pourquoi ? », demandai-je.

Elle soupira, ses joues roses. « On commence à penser aux enfants. »

« Parfait. Si tu en veux, fais-les maintenant. Vous n'avez aucune raison d'attendre. »

Lucy leva les yeux au ciel. « Facile à dire pour toi. »

Je penchai la tête sur le côté. « Pourquoi tu dis ça comme ça ? »

« Parce que tu es complètement en contrôle de ta vie », dit-elle simplement. « Ça m'a pris une éternité pour même admettre que j'étais amoureuse de Levi, et maintenant il veut parler d'enfants. Mon enfance était nulle. Et si j'étais une mère épouvantable ? »

Passant le bras par-dessus la table, je lui saisis la main. « Tu ne seras pas une mère épouvantable. Il n'y a aucune garantie dans la vie, mais Levi et toi êtes bien ensemble, et vous ferez de bons parents. »

Lucy soupira à nouveau. « Très bien. Laisse-moi

stresser et j'arriverai aux mêmes conclusions au bout d'un moment. Enfin bref, quoi de neuf pour toi ? »

Elle ne pouvait pas savoir à quel point son problème était pertinent pour moi. Mais il fallait encore que je trouve le courage d'en parler. D'une manière ou d'une autre, une gorgée de thé n'était pas aussi encourageante qu'une gorgée de café. « Eh bien, je crois que je vais aller droit au but. En parlant d'avoir des enfants, je suis enceinte. »

Lucy recracha aussitôt sa gorgée de café. En lui tendant une serviette, mes joues étaient chaudes, mais je m'accrochai. « Crois-moi, je suis aussi surprise que toi », proposai-je.

« Comment ? Quand ? Oh mon Dieu, qu'est-ce qui se passe ? J'ai l'impression d'être entrée dans un univers parallèle. J'ai manqué un épisode ? Depuis quand tu as un petit ami ? »

À sa ribambelle de questions, je haussai les épaules. « Tu te souviens de ce gars dont j'avais parlé ? »

Ses yeux s'écarquillèrent. « Oh, oui. Ward était le gars avec qui tu as eu une aventure d'un soir, et qui emménageait ici. Tu étais toute bizarre à son sujet. »

« Voilà. Lui. Eh bien, c'est plus qu'un coup d'un soir maintenant. Il y a quelque temps, il était là, et puis il a dû retourner auprès de sa mère parce qu'elle était malade. Eh bien... »

Je m'arrêtai et me frottai le visage, enfonçant mes mains dans mes cheveux. Le dire à voix haute me fit réaliser à quel point cette situation était folle. Reposant mon menton dans mes mains, je regardai Lucy. Ses yeux étaient écarquillés, mais elle attendait patiemment. « On a décidé de passer une autre nuit ensemble, mais une seule, tu vois ? »

Étant l'amie généreuse qu'elle était, Lucy hocha la tête.

« Eh, bien, même si on a utilisé des préservatifs, je, euh, je suis tombée enceinte. »

« C'était il y a plus d'un mois maintenant, non ? », demanda-t-elle.

« Six semaines pour être exacte. Comment sais-tu depuis combien de temps il est ici ? », contrai-je.

Lucy leva les yeux au ciel, me jetant un regard agacé. « Au cas où tu l'aurais oublié, je suis mariée à l'un des gars de la caserne. Levi a mentionné que le nouveau surintendant avait été retardé d'un mois. Donc ça s'est passé il y a six semaines et tu ne nous en as même pas parlé ? »

« Lucy, je suis désolée. Je ne... »

Elle me coupa. « Hé, tu n'es pas obligée de te justifier. Désolée. Parfois, je me prends au jeu de la petite ville », lança-t-elle avec un sourire ironique. « Je suis aussi privée que toi et maintenant je suis inquiète, donc... »

Cette fois, c'est moi qui la coupai. « Je comprends. Vraiment. J'aurais bien voulu en parler, mais je ne pensais pas que c'était aussi important que ça. Il y a quelques semaines, j'ai découvert que j'étais enceinte, et depuis je panique. Pour aggraver les choses, je ne fais que de lui sauter dessus. C'est un vrai problème. Et maintenant, il veut aller chez le médecin avec moi », dis-je en lâchant quelque chose qui ressemblait à un gémissement.

Lucy tendit la main, cette fois serrant la mienne. « Calme-toi. Bon, je suis à jour. Tu paniques. N'oublie pas de respirer. »

« D'accord, d'accord », dis-je en hochant rapidement la tête. Je me forçai à faire une pause et à prendre une profonde inspiration. « Je ne sais pas quoi faire. »

« Commençons par les bases. On dirait que tu veux garder le bébé ? »

« Oui. Oui. Je n'avais pas prévu ça, et je suis sûrement un peu folle, mais je veux le garder. Je ne peux pas imaginer ne pas garder mon bébé. Je sais que c'est fou parce que je ne sais pas vraiment ce qui se passe entre Ward et moi. Mais il sait que je suis enceinte, et il semble d'accord avec l'idée. C'est juste que... » Mes mots s'épuisèrent et les larmes montèrent au fond de mes yeux. Je pris une inspiration tremblante, mais je n'arrivais pas à faire entrer assez d'air dans mes poumons.

Lucy me tendit une serviette, le regard doux. « Respire. C'est bon. Ralentis. C'est sans doute l'un de ces moments de vie où il est vraiment important de tout faire pas à pas. »

Lucy me guida avec ses mots, m'aidant à lui raconter tout ce qui s'était passé entre Ward et moi. Je n'étais pas gênée de tout lui dire, mais je gardais certains détails pour moi. Je n'allais pas lui raconter à quel point notre vie sexuelle était folle. Ça ne me dérangeait pas d'admettre que je ne pouvais pas m'empêcher de lui sauter dessus. Bon sang, essayer de prétendre le contraire était un mensonge tellement flagrant que je n'aurais jamais pu aller au bout.

Après avoir entendu toute l'histoire absurde de ces dernières semaines, elle me serra de nouveau la main, me regarda dans les yeux et dit : « Tu vas devoir décider de ce que tu veux. »

« De quoi ? Je pensais que tu allais me donner des conseils ! »

Le regard de Lucy ne faiblit pas. « C'est mon conseil. Tu as l'air d'avoir décidé que ce n'est pas qu'un plan cul. Très bien. Mais un bébé n'est pas une affaire légère. Un bébé, c'est très sérieux. En plus, la façon dont Ward agit a l'air de dire qu'il veut faire partie de l'aventure. Pour moi, ça veut dire que ce n'est pas un débile. Beaucoup de gars s'énerveraient sur une grossesse non planifiée. Tu vas devoir poser des limites claires si tu ne veux pas qu'il prenne les choses trop au sérieux quand il s'agit de vous deux. Mais tu ne peux pas l'éviter. Pas à propos de trucs importants comme ça. Tu vas avoir un bébé, avec lui ! Quoi qu'il en soit, je suis là pour toi, Amelia est là pour toi et Maisie est là pour toi. Tu sais que tes parents remueront ciel et terre pour t'aider. Tu n'es pas seule. »

Je pris plusieurs gorgées de mon thé plutôt insatisfaisant et une profonde inspiration. « Très bien, je vais lui dire qu'il faut qu'il comprenne que ce n'est pas plus que ce que c'est », marmonnai-je.

Lucy hocha la tête et ses yeux se mirent à briller. « Alors, quand est-ce qu'on va rencontrer ce gars ? »

Chapitre Vingt-Cinq

WARD

Je jetai mon équipement dans mon casier, attrapant une serviette et me dirigeant vers les douches. Nous avions eu un long après-midi face à un incendie dans un bois. Je me sentais bien jusqu'à présent dans mon rôle de surintendant de cette équipe. Maintenant que Chad était parti, le reste de l'équipe était vraiment solide.

Le seul problème pour le moment était de gérer l'absence de Susannah. Comme elle l'avait dit, elle avait écouté la recommandation de son médecin et prenait un arrêt de travail sur le terrain. Comme la plupart des casernes, Willow Brook avait du travail léger à proposer aux pompiers. Elle s'occuperait des tâches de la caserne. Ce qui était pratique c'est qu'elle pouvait aussi travailler pour le poste de police ici, ce qui l'empêcherait de trop se tourner les pouces.

Rex avait tiqué quand on en avait parlé. Il savait que quelque chose se tramait, mais il avait eu assez de bon sens pour faire profil bas et attendre que je lui donne des infos. Le problème était que de nombreux membres de l'équipe se posaient des questions sur ce qui arrivait à Susannah. Pour l'instant, elle semblait préférer rester vague. Mais Harlow savait qu'elle était enceinte, et ça ne durerait pas longtemps avant de devenir évident. À un moment donné, elle devrait y faire face. Je savais que ça voulait dire que nous devions parler.

Appuyant mes paumes contre le mur de tuiles fraîches, je laissai l'eau bouillante s'abattre sur moi. Le bois de cet après-midi avait été un défi, mais nous avions maîtrisé le feu. L'équipe de Cade était venue terminer le travail cet après-midi. L'emplacement unique de Willow Brook me permettait de faire connaissance avec l'équipe. Souvent, les équipes de pointe ne faisaient que du travail dans la campagne. Le fait que Willow Brook soit également responsable des régions environnantes me donnait l'occasion d'apprendre à connaître l'équipe sans être isolé au milieu de nulle part dans le processus.

Mon esprit revenait toujours à Susannah, à ce qu'elle signifiait pour moi et au fait incontournable que j'allais bientôt être père, c'était comme un boomerang dans mon cerveau. Dès que j'essayais de penser à autre chose, mes pensées se tournaient vers elle et notre bébé. Attrapant le savon, je me savonnai et rinçai, puis je restai là sous l'eau chaude, regrettant de ne pas réussir à la saisir. Même si c'était un choc, je ne doutais pas à quel point elle comptait pour moi. Mais je voyais bien qu'elle résistait.

Je me sentais bien quand j'étais avec Susannah. Bon sang, le sexe... Incroyable. J'adorais m'endormir à ses côtés et me réveiller à ses côtés. Tant que nous étions emmêlés, nus l'un contre l'autre, moi enfoui au plus profond d'elle, je ne sentais pas ses murs, ses barrières.

Mais dès qu'on se détachait, je pouvais pratiquement voir les roues commencer à tourner dans son cerveau et le pont-levis remonter. Avec un soupir, je coupai l'eau et passai devant le reste des gars qui rinçaient le feu d'aujourd'hui. Je n'avais pas vraiment envie de parler, même si ce n'était pas particulièrement inhabituel pour moi. Mais j'avais besoin de conseils. Je n'arrivais même pas à croire que j'envisageais d'en demander. Après m'être habillé, je pris une tasse de café et me promenai dans le couloir arrière, soulagé de trouver Beck dans son bureau.

Je toquai contre sa porte ouverte, j'attendis qu'il lève les yeux. « Tu as une minute ? », demandai-je.

Beck s'adossa à sa chaise de bureau, devant la petite table ronde à côté de son bureau. « Bien sûr », dit-il en me faisant signe d'entrer.

En entrant dans son bureau, je fermai la porte avec le talon de ma botte. Il se redressa d'où il était assis. « Oh, c'est si sérieux que ça ? »

Beck était incapable de résister à l'envie de charrier qui que ce soit et il haussa les sourcils. Je haussai les épaules et passai devant son bureau. Je ne savais même pas pourquoi il gardait ce bureau. Je ne l'avais jamais vu s'en servir. D'ailleurs, il était vide à l'exception d'un téléphone. Il gardait son ordinateur portable sur la petite table. Je me glissai sur une chaise en face de lui.

« Je t'offrirais bien du café, mais je vois que tu en as déjà. Quoi de neuf ? », demanda-t-il.

Sur les talons d'une profonde inspiration et d'une gorgée de café encourageante, je me penchai en arrière sur ma chaise. « J'ai une question pour toi. »

« Je t'écoute. »

« Tu te souviens que j'ai dit que Susannah était enceinte ? »

« C'est un peu difficile d'oublier une nouvelle pareille », répondit Beck avec un petit rire. « Je vois qu'elle fait des travaux légers. J'entends toutes les questions qui se posent dans la caserne. Je suis certain que toi aussi. »

Je hochai la tête. « Bien sûr. Ce sera à elle de déterminer ce qu'elle veut dire à qui, et quand. Quoi qu'il en soit, j'aurais besoin d'un petit conseil. Pour ce que ça vaut, je n'arrive pas à croire que j'en viens à demander conseil. C'est pas vraiment mon truc. »

Beck sourit de son sourire habituel. « Tu me connais. J'adore donner des conseils. Je ne dis pas qu'ils valent grand-chose. »

« Eh bien, je pense que tu es ma meilleure chance. Tu es le seul gars ici qui a eu un bébé récemment. »

Le sourire de Beck passa de taquin à fier. « Carrément. Max est super. Avoir un bébé est la meilleure chose qu'on ait jamais faite. Et la plus terrifiante, vraiment terrifiante », déclara-t-il avec sérieux.

Je ne pus m'empêcher de rire. « Sans blague. »

Son regard se calma. En fermant son ordinateur portable, il s'accouda à la table, me donnant toute son attention. « Je ne sais pas ce dont tu as besoin, mais n'hésite pas à demander. »

Passer une main à travers mes cheveux, je le regardai. « Bon sang, je ne sais même pas ce que je dois demander. Je crois que j'ai besoin de conseils sur la façon de gérer cette situation. Susannah... » Je fis une pause parce que je ne savais pas trop comment expliquer mon problème. Je décidai de mettre les pieds dans le plat. « Pour résumer, je sais que c'est sérieux pour moi et Susannah et que ça n'a rien à voir avec le fait d'avoir un bébé. Mais elle garde ses distances tout le temps sauf quand, bah, sauf quand on couche ensemble. Je ne sais pas comment... Putain. En gros, je ne sais pas quoi faire pour qu'elle réalise ce qu'on pourrait être. »

Beck resta calme, son regard pensif. « Bon, le truc

c'est que ma situation est un peu différente de la tienne. Je veux dire, Maisie et moi sommes mariés. Je pense que ça dépend en grande partie de ce dont toi et Susannah avez décidé. Vous n'êtes pas obligés de vous marier. C'est un morceau de papier. C'est plutôt, eh bien, est-ce que tu es juste un géniteur ? Ou un père ? C'est sérieux pour toi ? »

Les trois questions de Beck étaient un miroir des questions qui tournaient en rond dans mon esprit ces dernières semaines. Croisant son regard fixe, je pris une gorgée de café et soupirai. « Eh bien, je ne suis pas juste un géniteur, ça c'est sûr. Je n'avais pas prévu ça, mais je serai un père. Je ne peux pas imaginer avoir un bébé et ne pas faire partie de sa vie. Susannah, eh bien, je ne peux pas croire que je dise ça, mais je l'aime. Le problème, c'est qu'à chaque fois qu'on commence à parler sérieusement, elle change de sujet. C'est un miracle qu'elle m'ait demandé de venir aux rendez-vous de médecin, et je voyais bien à l'expression de son visage qu'elle n'était même pas sûre d'en avoir envie. »

« Eh bien, si tu l'aimes, dis-lui. »

« Ouais, je lui dis ça, et tout est réglé », dis-je ironiquement.

Beck sourit à nouveau. « Tu ferais mieux de dire quelque chose. Rapidement. Même si je ferais n'importe quoi pour Maisie et qu'elle le sait très bien, elle était vraiment de mauvaise humeur pendant sa grossesse. Et depuis. Max a presque trois mois maintenant, et elle a dit l'autre jour qu'elle commençait enfin à se sentir à moitié normale. Moins secouée par les hormones. Ses mots, pas les miens. »

Beck me regarda pendant un long moment. « Écoute mec, je ne sais pas ce que veut Susannah. Avoir un bébé c'est à peu près la chose la plus sérieuse qu'on puisse faire. J'ai dû forcer Maisie à me prendre au sérieux. Je suis sûr que tu survivras », offrit-il avec un petit rire.

Je le fixai et me sentis hocher la tête, mais je pouvais à peine penser tellement ma tête bourdonnait. C'était comme si j'étais pris dans un contre-courant sans autre choix que de nager et d'espérer le meilleur. Je réussis à lui répondre avec un semblant de conversation normale, mais j'étais bouleversé.

En quittant le bureau de Beck peu de temps après, je me sentais encore plus troublé qu'avant. Parce que j'étais sur le fil du rasoir avec Susannah. Mon instinct était d'exiger qu'elle affronte la réalité : elle était mienne. Mais elle était tellement indépendante. Je savais au fond de moi que si j'étais trop exigeant, elle me repousserait. Ma réaction à cette idée était viscérale : mon cœur se serra et l'émotion serra ma gorge comme un étau, m'étouffant presque.

La possessivité n'était pas quelque chose que j'avais connu auparavant. Mais avec Susannah, l'idée de garder mes distances et l'idée même que ça ouvre la porte à quelqu'un d'autre dans sa vie ?

J'avais une réponse claire à ça. Jamais. De la vie.

Chapitre Vingt-Six

SUSANNAH

Je me précipitai sous la pluie, poussant du coude la porte de l'épicerie pour l'ouvrir. Jetant la capuche de ma veste en arrière une fois que j'étais entrée, j'attrapai un chariot et je commençai à me frayer un chemin à travers les rayons. Comme à tout moment où je n'étais pas entièrement prise par autre chose, mon esprit vadrouilla sur deux pistes : Ward et notre bébé.

Mon obsession du matin : imaginer si notre bébé était un garçon ou une fille, et réfléchir à un nom. Oh, et s'il fallait ou non inclure Ward dans la décision. J'avais aussi besoin de parler à mes parents et de leur dire. Parce que mes parents m'avaient soutenue et avaient trouvé un moyen de m'encourager même quand je ne prenais pas les meilleures décisions, je savais qu'ils seraient géniaux avec un bébé et une grossesse, même si un peu surpris et confus.

J'étais généralement une personne responsable. Je n'avais en aucun cas l'intention d'expliquer à quel point cette nuit de sexe avait été sauvage et folle avec Ward. Aussi proche que je fusse de mes deux parents, ce sujet était interdit. Comme pour toutes mes pensées ces jours-ci, la boucle me ramena jusqu'à Ward.

Bon sang, tu ne peux pas penser à quelqu'un d'autre que lui ?

Non, apparemment pas.

Deuxième sujet : quand et comment présenter Ward à mes parents. Et comment le décrire ? Est-ce mon petit ami ? Un donneur de sperme accidentel ? Merde. Quel bordel.

C'était tout le problème. Comme l'avait dit Lucy. J'avais besoin d'être claire avec lui.

Arrivant au bout d'un rayon, je levai les yeux quand j'entendis mon nom. Chad Meyer se tenait devant la section bière, qui se trouvait juste avant la section œufs. Je ne comprendrais jamais l'organisation d'une épicerie. Mais c'était le cadet de mes soucis. La dernière personne que je voulais voir en ce moment, ou à tout moment d'ailleurs, aurait été Chad si j'avais quoi que ce soit comme place pour lui dans ma tête. Pouah.

Malgré tous mes sentiments mitigés sur le fait d'avoir Ward en tant que nouveau surintendant, il m'avait donné une raison de le respecter en licenciant rapidement Chad. Toute l'équipe avait été soulagée par sa décision.

Et Ward l'avait fait intelligemment. Il s'était assuré d'inclure Beck et Cade dans la décision et dans le rendez-vous. Ward, bien sûr, n'en avait pas discuté avec moi, et je ne pensais pas qu'il le ferait. Tous les gars de la caserne respectaient Beck et Cade. Comme moi, ils avaient aussi grandi ici à Willow Brook. Ça leur donnait un cachet et un certain respect, ne serait-ce que parce que tout le monde à la caserne en savait beaucoup sur eux et que de nombreux membres d'équipe les connaissaient depuis des années.

Mais croiser Chad là tout de suite ? Ce n'était pas vraiment quelque chose que j'étais capable de gérer. Chad avait été aussi saoulant qu'un moucheron quand il m'avait draguée. Rex Masters et Al, notre ancien chef d'équipe, m'avaient une fois prise à part l'année dernière pour vérifier que j'allais bien. Les avances de Chad étaient évidentes à ce point. Ils voulaient s'assurer que je savais que je pouvais venir les voir s'il y avait un problème.

Ça allait. Franchement, ça m'avait plutôt ennuyé qu'ils pensent que je ne pouvais pas gérer moi-même. Avec le recul, je réalisai qu'ils essayaient seulement de s'assurer que je savais qu'ils me soutenaient. Chad s'était calmé après la dernière fois, où je lui ai dit d'aller se faire foutre, mais il n'avait jamais complètement abandonné. Il me semblait être le genre de gars qui prenait tout comme un défi. En lui disant non, je devenais involontairement un défi qu'il voulait relever.

En rencontrant le regard brun et plat de Chad, qui contenait toujours une pointe de colère, je fis un petit sourire et je continuai à bouger. « Hey Chad », dis-je avec désinvolture alors que je passais devant lui avec mon chariot.

Mon chariot s'arrêta brusquement lorsqu'il en saisit rapidement le côté. Je n'avançais pas vite, mais j'avais juste assez d'élan pour me cogner contre le cadi. Par réflexe, j'enroulai mon bras sur mon ventre.

Agacée, je lui jetai un regard noir. « Je suis ici pour une raison Chad, et ce n'est pas pour faire la causette. »

Il sourit, un sourire qui n'atteignit pas tout à fait ses yeux. « Et si on dînait ensemble ? », demanda-t-il.

« Non. » Je tendis la main et essayai de lui faire lâcher mon chariot, mais il ne bougea pas, resserrant seulement sa prise.

« On ne travaille plus ensemble maintenant. Plus d'excuse facile », dit-il catégoriquement.

« Comme je te l'ai déjà dit plusieurs fois, qu'on travaille ensemble ou non, on n'ira pas dîner, on n'ira pas déjeuner, on ne fera rien ensemble. Je ne suis pas intéressée », dis-je fermement, ne prenant même pas la peine d'essayer d'être polie.

Furieuse, je tendis la main et lui donnai un coup dur sur le poignet. Il resserra seulement sa prise avec un sourire sinistre.

« Chad, lâche. »

J'étais sur le point d'ouvrir à nouveau la bouche quand je sentis Ward s'approcher de moi par derrière. Je connaissais Ward à ce point-là. Je pouvais sentir sa présence sans même le voir. Un soulagement m'envahit. Je n'avais pas peur de Chad, mais c'était un putain de trou du cul, et un vrai con en plus. Je ne voulais peut-être pas admettre que parfois c'était agréable d'avoir un homme dans ma vie, mais en ce moment, ça l'était. Contrairement à moi, Ward était plus grand, plus impressionnant et plus fort que Chad.

Ward s'arrêta à mes côtés. Ses yeux se posèrent brièvement sur moi, puis sur Chad. « Je suis sûr que je viens de l'entendre te demande de lâcher », dit-il d'une voix basse avec un soupçon de menace.

Comme j'étais assez familière avec les émotions de Ward, je savais qu'il était furieux. Il vibrait de fureur.

Chad, étant l'idiot qu'il était, ne lâcha toujours pas mon chariot. Il se moqua de Ward. « Et qu'est-ce que tu vas faire ? Tu n'es plus mon patron. Ou t'as oublié ? »

Les yeux de Ward se plissèrent. Il tendit le bras, enroula sa main sur le poignet de Chad, resserrant sa prise. « Je n'ai rien oublié. D'ailleurs, c'est bien plus pratique que je ne sois plus ton patron. Je n'ai pas besoin d'être professionnel avec toi. Enlève tes putains de mains de son cadi et laisse-la tranquille. »

Ward dut serrer assez fort pour faire mal à Chad. Ses Chad rougirent et il jura en retirant sa main.

« Va te faire foutre. Allez vous faire foutre tous les deux. En parlant de putain, je sais bien que tu veux te la faire », cracha Chad en pointant son menton dans ma direction.

L'espace d'un instant, j'eus peur que Ward le frappe ici et maintenant. Mais, c'était un homme contrôlé. Avec ses poings fermés sur ses côtés et ses yeux sombres, il dit simplement : « Éloigne-toi d'elle. Maintenant. »

Commodément, quelqu'un arriva dans le rayon, une mère avec trois enfants. Chad en profita pour s'éloigner rapidement. Ward le regarda s'éloigner, ne se tournant vers moi que lorsque Chad avait disparu. Il me parcourra des yeux, l'inquiétude contenue dans son regard propulsant mon pouls comme une fusée et enveloppant mon cœur de chaleur.

« Tu vas bien ? », demanda-t-il.

« Bien sûr. Chad faisait son crétin, mais il est toujours crétin. On n'en a pas parlé, mais tu seras peut-être heureux de savoir que l'équipe est très contente que tu l'aies viré. »

Ward hocha simplement la tête, son regard toujours intense. « Il t'a demandé de sortir avec lui ? »

Sa question me fit sursauter. Je haussai finalement les épaules parce que ce n'était pas exactement une nouvelle information que Chad m'avait beaucoup draguée l'année dernière. « Oui. Il est comme ça depuis environ un an. Il pensait que je disais non parce qu'on travaillait ensemble. Peu importait que je lui dise à chaque fois que je n'étais pas intéressée. »

Les yeux de Ward s'assombrirent, comme le ciel un

jour de tempête. Une autre famille envahit l'allée, un petit garçon nous dépassa en courant et cria : « Des bonbons ! »

Ward enroula ses mains sur la poignée du cadi. « Finissons les courses. »

Bien que ce ne soit ni le moment ni le lieu, ma bouche semblait avoir son propre esprit. « Ensemble ? Mettons une chose au clair. J'étais ici pour faire *mes* courses. Toute seule. Je peux finir par moi-même. »

Son regard était implacable. S'il était secoué par mes commentaires, ça ne se voyait pas.

« Je suis là maintenant » fut tout ce qu'il dit.

« Et qu'est-ce que ça veut dire ? »

Cette question sembla le transpercer. Plissant les yeux, il me fixa. Après un moment, il répondit : « Ne me repousse pas pour quelque chose d'aussi bête que faire des courses. »

Même si une partie de moi était prête à me battre, je fus soudain fatiguée. J'étais trop émotive pour trouver des réponses là maintenant. Je voulais juste finir mes courses et rentrer chez moi.

WARD

À l'insu de Susannah, je passais devant le magasin quand j'avais vu sa voiture sur le parking. Mes roues avaient pratiquement tourné toutes seules. Je ne pouvais tout simplement pas résister à un coup de chance.

Alors que je me tenais maintenant derrière sa voiture à charger des courses dans le coffre, j'étais furieux. Pas avec elle. Au contraire, j'étais en colère contre Chad et contre moi-même. Dès que j'étais entré dans le rayon et que j'avais vu l'expression sur son visage, j'avais su qu'il faisait à nouveau pression sur elle. Il m'avait fallu la plus grande partie de ma discipline pour ne pas lui casser les dents.

J'étais furieux contre moi-même de ne pas pouvoir me contrôler quand ça touchait à Susannah. Même si je savais qu'elle n'était pas intéressée par Chad, j'étais jaloux. Moi. Jaloux !

Jamais de la vie n'avais-je été jaloux, bon sang. Oh, j'avais vu des connards draguer des femmes avec qui je sortais et beaucoup de mes amies. Ma réaction était à peu près la même dans les deux cas. Je m'éloignais.

Mais c'était tout. Une réaction amicale, pour les laisser tranquilles.

Avec Susannah ? Oh, non, pas moyen. Tout ce qui m'est passé par la tête. C'était ce mot...

Mienne.

J'avais prévu de la suivre chez elle pour l'aider à décharger les courses. Je sentis qu'elle essayait d'évaluer où j'en étais dans ma tête. Je savais exactement ce que je ressentais, mais j'attendrais qu'elle soit prête à y faire face.

Je me considérais généralement comme un homme respectueux. Je n'avais jamais fait partie de ces gars qui ne pensaient pas que les femmes pouvaient être pompières. Croyez-moi quand je vous dis qu'il y avait plein de gars comme ça. Pas pour moi. Les femmes sont fortes, intrépides et souvent plus intelligentes que les hommes d'ailleurs. Parce qu'elles n'ont pas de force brute de leur côté, elles doivent penser plus intelligemment.

Pas une seule fois, pendant ma formation avec Susannah, ou en travaillant avec d'autres pompières, n'avais-je ressenti le besoin de les protéger. Pas plus qu'un sentiment général de vouloir protéger mes collègues.

Mais là ? Avec Susannah, j'étais un putain d'homme des cavernes. Je ne voulais pas qu'elle soulève quoi que ce soit de lourd. Je ne voulais pas qu'elle se mette en danger de quelque façon que ce soit. Bon sang, je ne voulais même pas qu'elle soit stressée, même pas un peu. J'imaginais que je devais peut-être me considérer comme une source de stress pour elle, ne serait-ce que par ma présence dans sa vie. Mais ce n'était pas une chose à laquelle je voulais penser tout de suite.

Elle avait l'air un peu fatiguée, ce qui était logique. Je savais précisément ce qui, ou plutôt qui, l'avait empêché de dormir la nuit dernière. Moi. Même si c'était elle qui avait commencé cette fois.

Après avoir fermé le coffre de sa voiture, je fis rouler le cadi jusqu'à l'avant du magasin. Il avait commencé à crachiner après que j'eus quitté la caserne. Quand je retournai à sa voiture, elle se tenait à l'arrière, les bras croisés, ignorant la douce pluie qui tombait.

« Qu'est-ce que tu fais ? », demanda-t-elle.

Je haussai les épaules. « Je vais t'aider à décharger les courses chez toi. »

Elle rit, secouant lentement la tête. « Je peux gérer, tu sais. »

« Moi aussi », répliquai-je avec un sourire.

Elle rit à nouveau, les joues rouges. « Très bien. Je n'arrive pas à te dire non. »

Je sentis une vague de soulagement. En montant dans ma voiture, je la suivis jusqu'à chez elle, luttant contre mon impatience. Je voulais qu'on clarifie les choses.

J'étais à nouveau possessif. Je chassai ces pensées, me disant de lui donner plus de temps. Je profitai de la vue sur le trajet pour quitter le centre-ville de Willow Brook. Je ne pensais pas me lasser un jour de cette vue. C'était la fin de l'après-midi. Même avec les nuages bas, le lac aux Cygnes était magnifique. Des cygnes étaient revenus pour le printemps et flottaient à la surface. Au loin, les montagnes s'élevaient à travers les nuages, et Denali s'élevait au-dessus de tout le reste.

Le sommet était toujours enneigé, et d'après ce que j'avais compris, il le serait tout l'été. En descendant l'allée de la maison de Susannah, je m'arrêtai à côté de sa voiture.

Peu de temps après, j'avais emporté toutes les courses à l'intérieur, en ignorant complètement ses requêtes de la laisser s'en occuper. En fermant le réfrigérateur, je me tournai pour lui faire face.

Elle se tenait près du comptoir, ses mains posées sur le bord. Ses cheveux blond vénitien étaient humides à cause de la bruine et ses joues étaient rouges. Mince. Elle était tellement belle. Je fis le calcul dans ma tête, calculant qu'elle était enceinte de près de huit semaines maintenant. L'émotion me berça. Si je n'avais pas déjà connu son corps par cœur, je n'aurais peut-être pas remarqué la courbe nouvelle de son ventre. Mais je la voyais.

Si on m'avait dit que ça m'exciterait de voir une femme enceinte de mon bébé, j'aurais dit que c'était absurde. J'aurais eu tort, de manière flagrante. Si c'était juste Susannah ou non, je n'en avais aucune idée. Tout ce que je savais, c'est que je la voulais plus que n'importe qui.

Je marchai vers elle, j'appuyai mes mains contre le comptoir de chaque côté d'elle, l'enfermant dans mes bras. Fermant les yeux un instant, je respirai son odeur.

Chapitre Vingt-Huit

WARD

Susannah se tint immobile un instant, son corps se tendant légèrement. En levant la tête, mon regard se heurta au sien : ses grands yeux bleus et ses cils blond fraise qui frôlaient ses joues. L'air était lourd du besoin qui vibrait entre nous à chaque fois que nous étions proches.

J'étais soulagé, ne serait-ce que de savoir qu'elle était aussi puissamment attirée par moi que je l'étais par elle. Je ne prétendrais jamais savoir ce qu'elle avait en tête. Certainement pas ce qu'elle avait dans le cœur. Mais je savais ce que je ressentais physiquement. C'était une force propre, indépendante de ma volonté.

Je l'avais vu il y a quatre ans, cette nuit unique que nous avons partagée. C'est pourquoi j'avais cédé. Parce que je connaissais la profondeur et la puissance de cette force, et je voulais un avant-goût. Bêtement et avec arrogance, j'avais pensé que j'avais trouvé la combine idéale pour la goûter sans être attiré par sa force centrifuge. Une nuit et puis on ne se reverrait plus jamais. C'était facile. Alors j'avais osé.

Pour une seconde fois, mon arrogance m'avait

entraîné dans un maelström. J'étais là, presque esclave de mon besoin pour Susannah. Il n'y avait jamais assez d'elle. Je doutais de pouvoir un jour assouvir mon besoin. Il coulait profondément dans mes veines, nourrissant chaque fibre de mon être.

Levant une main, j'écartai quelques boucles lâches de sa joue. J'adorais même ses cheveux, soyeux et mutins, toujours bouclés ici et là. Elle n'était pas du genre à se coiffer. Au contraire, elle les laissait libres, et j'adorais ça. J'aurais probablement détesté qu'elle essaie de les maîtriser. Ses cheveux me faisaient penser à qui elle était quand elle baissait sa garde : sauvage et sans retenue.

Quand je mis ces boucles derrière son oreille, elle se pencha vers moi alors que ma main glissait pour prendre sa nuque. Je ne pouvais pas ne pas la toucher quand nous étions si proches. Mon pouce effleura paresseusement le côté de son cou, sentant le rythme rapide de son pouls. Une autre vague de soulagement me parcourut. Parce que je ne pouvais pas être près d'elle sans que mon cœur batte comme un tambour. Je ne voulais pas être le seul, pris dans la tempête de ce désir.

« Comment ça va ? », murmurai-je.

Ses paupières étaient tombées et elles se relevèrent, un léger sourire aux coins des lèvres. Ses dents s'accrochèrent au bord de sa lèvre inférieure. Putain. Cette vue, ses dents bosselaient le coussin dodu de sa lèvre, et ma bite durcit encore plus.

« Je vais bien », dit-elle avec un petit rire. « J'imagine qu'on a oublié ce qui s'est passé plus tôt. »

En me souvenant que je lui avais déjà demandé comment elle allait plus tôt et de la raison pour laquelle j'avais ressenti une secousse de fureur. Chad était un putain de connard, et j'étais jaloux à l'idée que n'importe quel homme la drague. En secouant ces pensées, je me concentrai sur la sensation de son corps près du mien, faisant glisser ma paume le long de sa colonne vertébrale pour toucher ses fesses rondes et me cambrer jusqu'au sommet de ses cuisses. La sensation de sa chaleur humide m'appela.

« Je crois qu'on a oublié. Donc ça va ? Encore des nausées ? »

Ses dents libérèrent sa lèvre, et je fus ridiculement déçu. J'étais tellement attentif à ses mouvements que mes réponses étaient exacerbées.

Elle secoua légèrement la tête. « Non, juste un peu nauséeuse ici et là. Comment ça va, toi ? »

J'avais presque perdu le fil, alors qu'elle était pressée contre moi, ses courbes chaudes et luxuriantes juste là. Haussant les épaules, je répondis : « Très bien. À part que Chad est un con. »

En levant les yeux au ciel, elle secoua légèrement la tête. « Je peux le gérer toute seule. Il n'est pas d'ici, donc je suis sûre qu'il passera bientôt à autre chose. Maintenant qu'il ne peut plus travailler à la caserne, il n'a pas beaucoup d'options. »

Pendant qu'elle parlait, elle détacha une main du bord du comptoir, ses doigts jouant avec les boutons de ma chemise.

« On a fini ? », demandai-je.

« Quoi donc ? »

« Les politesses. »

Ses yeux s'assombrirent, elle hocha la tête, sa langue lécha ses lèvres.

« Bien », grognai-je avant de poser ma bouche sur la sienne et de céder au besoin qui me submergeait d'une telle force que j'en perdais le fil de mes propres pensées.

Chapitre Vingt-Neuf

SUSANNAH

En quelques secondes, je brûlais à l'intérieur. C'était dire à quel point j'étais esclave de mon corps et d'un besoin que je ne pouvais tout simplement pas nier. Je n'étais jamais rassasiée de Ward. Je doutais de pouvoir l'être un jour.

Nos langues s'emmêlèrent dans un baiser sauvage qui me mit presque à genoux. Dieu merci, j'étais appuyée contre le comptoir et Ward me tenait. Je pouvais sentir son membre durci et chaud se presser contre mon bas-ventre. Sa main prit mes fesses en coupe, me serrant contre lui.

Ma culotte était trempée depuis l'épicerie. Tout ce à quoi je pouvais penser, c'était le moment où nous arriverions enfin ici et serions nus. Dans cette veine, il y avait beaucoup trop de tissu entre nous.

Détachant mes lèvres des siennes, je me débrouillais rapidement pour défaire les boutons de sa chemise. Il ne portait pas de t-shirt aujourd'hui, ce qui était une rare exception, mais une chemise en flanelle usée. Je soupirai à la sensation de sa peau chaude sous mes doigts, mes mains cartographiant son torse et descendant sur les muscles ondulants de son ventre.

Tandis que j'arrachais les boutons de son jean, il s'attaqua encore plus rapidement à mon chemisier. Contrairement à moi, il ne prit pas la peine de s'occuper des boutons. Il les déchira tout simplement, les boutons rebondissant sur le carrelage de ma cuisine. Levant les yeux vers lui, je murmurai : « Je t'en prie, détruis mon chemisier. »

Entièrement insolent, il leva une épaule musclée avec un sourire narquois, ses yeux argenté brillant. Même ses haussements d'épaules étaient sexy.

Je souris parce que je ne pouvais pas m'en empêcher, puis il me souleva, tirant mon jean comme à son habitude. D'une manière ou d'une autre, en quelques secondes, il avait enlevé tous mes vêtements à l'exception de ma culotte. Il me posa sur le comptoir derrière moi, le carrelage frais sur ma peau brûlante.

Sa bouche était sur l'un de mes mamelons et son pouce taquinait l'autre, je soufflai difficilement d'une voix rauque. Il me mordit légèrement et je criai, en enroulant mes doigts dans ses cheveux. Je tendis la main entre nous, déchirant les boutons de sa braguette, soulagée qu'il ne porte pas de sous-vêtements la plupart du temps. La peau chaude et veloutée de sa bite était si agréable que j'enroulai ma paume autour de son membre, baissant son jean sur ses hanches pour être plus libre de mes mouvements.

« Putain, Susannah », murmura-t-il. « Tu me rends dingue. »

Ward leva la tête, son regard orageux s'accrochant au mien alors que sa main descendait sur mon ventre, ses doigts glissant sur la soie humide entre mes cuisses.

« Que j'aime à quel point tu mouilles. Depuis combien de temps tu es dans cet état-là ? »

Mes émotions brutes, uniquement guidées par le besoin, firent que je répondis honnêtement. « Depuis que je t'ai vu. »

Son regard gris s'assombrit encore plus. Il ne dit rien, et écarta simplement ma culotte pour m'enfoncer deux doigts, bien profond. J'étais tellement mouillée et prête que je gémis de soulagement. Mais ce n'était pas suffisant. J'avais besoin qu'il me remplisse, m'étire, me fasse tout oublier sauf lui et la connexion entre nous.

« J'ai besoin de toi », soufflai-je.

Il n'hésita pas, reculant légèrement. Il saisit sa bite dans son poing et l'amena dans mes plis, l'enduisant de mon jus. Ses yeux croisèrent à nouveau les miens. « C'est ça que tu veux ? »

La sensation me traversait, des étincelles se dispersaient dans tout mon corps. Je me sentais fondre à l'intérieur et à l'extérieur. Incapable de détacher mon regard ou de former des mots, je hochai simplement la tête, balançant mes hanches vers lui. Il traîna sa bite de haut en bas à nouveau, taquinant mon clitoris humide et glissant.

« Tu vas devoir le dire. »

« Oui », criai-je finalement, réussissant à former cet unique mot avec mes lèvres.

« Regarde », ordonna-t-il.

Ce n'est qu'à ce moment-là qu'il libéra son regard du mien, regardant entre nous. Je fis simplement ce qu'il demandait, mes yeux suivant les siens. Son sexe était d'une beauté, dur et épais, luisant de mon désir. Sans même un soupçon de gêne, il glissa sa main de haut en bas de sa bite pendant que je regardais. Une goutte de pré-sperme s'échappa du bout et tomba sur mon ventre.

Je ne savais pas comment il était physiquement possible d'avoir plus besoin de lui, mais je le sentis.

Cette simple vue me fit presque jouir, mon sexe palpitant.

« Ward, s'il te plaît. J'ai besoin de toi. »

« Juste là », murmura-t-il.

Je devins exigeante, lui ordonnant. « J'ai besoin de toi en moi. Maintenant. »

« Tout ce que tu avais à faire était de demander », grogna-t-il en s'enfonçant en moi.

En criant, je me cambrai en arrière alors qu'il agrippait mes hanches, me rapprochant du bord du comptoir. Il se tint immobile et je soupirai à la sensation de sa longueur délicieuse, qui me remplissait complètement.

« Susannah. »

Parvenant à ouvrir les yeux, je trouvai son regard en attente. Mon cœur frappa un coup dur. Le moment était si intense et si intime que je pouvais à résister. Pourtant, je le fis. Parce qu'avec ses yeux sur moi et son corps m'entourant, je me sentais en sécurité.

Après être resté immobile pendant quelques instants, il recula enfin ses hanches. Il s'enfonça à un rythme régulier, reculant et revenant, encore et encore, me prenant lentement. J'étais tellement trempée, tellement submergée par le besoin, il ne me fallut que quelques coups pour m'envoler, le plaisir s'écrasant sur moi en une vague intense. Tellement intense que j'oubliai tout sauf Ward et la sensation de son corps.

Au loin, je m'entendis crier son nom à plusieurs reprises. Au milieu des secousses de mon propre plaisir, je sentis son corps se serrer puis la chaleur de sa libération se déverser en moi avec une dernière vague. Savourant mon nom sur ses lèvres, je le regardai perdre le contrôle.

Sa tête tomba sur mon épaule, son souffle contre ma peau. Il me garda dans son étreinte. Je ne voulais plus jamais bouger et je ne l'aurais probablement pas fait sans le froid qui me traversa au bout d'un moment.

Ward leva la tête, ses yeux croisant les miens. Sans un mot, il recula, me soulevant facilement dans ses bras et m'emmenant dans la douche avec lui.

Je m'habituais beaucoup trop à ce genre de choses, mais j'aimais trop ça pour essayer de créer une distance tout de suite.

Chapitre Trente

WARD

Assis dans le cabinet du médecin, je posai mes coudes sur mes genoux et résistai à l'envie de me tordre les mains. Mince. C'était une expérience entièrement nouvelle pour moi. Jetant un coup d'œil à la petite salle d'examen, je digérais l'espace. Il y avait une table, sur laquelle Susannah était actuellement assise, avec du papier blanc froissé et ces étriers dont les hommes n'entendent que parler.

Enfin, à moins d'être futur père et d'assister à l'un de ces rendez-vous. À part la table, il y avait un comptoir et un petit évier, une bouteille géante de désinfectant et des boîtes de ce que j'imaginais être toutes sortes de trucs médicaux. Les murs étaient recouverts d'affiches expliquant à quoi s'attendre à différents stades de sa grossesse. À part la chaise que j'occupais actuellement, il y avait un tabouret sur roulettes avec une table. L'espace entier semblait stérile et froid.

Susannah était assise sur la table, vêtue d'une fine robe en coton nouée derrière son cou. Ses jambes étaient nues, mais elle avait gardé ses chaussettes, ce qui était étrangement mignon. Ses pieds se balançaient d'avant en arrière paresseusement. Ses yeux se posèrent sur les miens puis se détournèrent avant qu'elle n'écarte une mèche de cheveux de son visage, la glissant derrière son oreille.

« Comment s'appelle ton médecin ? », demandai-je.

« Docteur Jenkins. »

« Tu la connais bien ? »

J'eus soudainement une foule de questions sur le médecin de Susannah, alors que ce n'était probablement pas mes affaires. Mais c'était le médecin qui supervisait sa grossesse. Et soudainement je m'en souciais beaucoup. Beaucoup.

Le regard de Susannah croisa à nouveau le mien et elle leva les yeux au ciel. « C'est mon médecin depuis mon adolescence. Tu as le droit d'être ici, mais ne penses pas que je changerais de médecin si tu me le demandes. Je lui fais confiance et je suis à l'aise avec elle », dit-elle fermement.

Je ne pus m'empêcher de rire. C'était comme si elle lisait dans mes pensées. Non pas que j'avais prévu de lui demander de changer de médecin, mais c'était important qu'elle ait un bon médecin.

« Je n'oserais pas », réussis-je à dire.

« Menteur », rétorqua Susannah avec un sourire.

À ce moment-là, la porte de la salle d'examen s'ouvrit et le docteur Jenkins entra. Elle portait une blouse blanche, comme attendu, avec son nom brodé dessus en lettres violettes. Ses cheveux noirs étaient tirés en arrière en un chignon serré et mêlé des mèches argentées. Elle portait des lunettes et avait des yeux marron clair.

« Bonjour Susannah », dit-elle avec un petit sourire. « Jane à la réception me dit que vous avez de la compagnie aujourd'hui. » Son regard se tourna vers moi, bien trop perspicace pour que je sois à l'aise. Elle se tourna, s'avança vers moi et me tendit la main.

« Docteur Jenkins. »

Je me levai et tendis la main pour serrer la sienne. Elle serra ma main comme elle parlait, avec assurance et fermeté. Tout en elle criait le pragmatisme.

Il me vint soudain à l'esprit qu'elle était peut-être au courant que le bébé de Susannah était le produit de ce qui était censé être une aventure d'un soir. J'espérais que ça comptait pour quelque chose que je sois là.

Une fois debout, je ne savais pas trop quoi faire de moi-même et je fourrai mes mains dans mes poches après que le docteur Jenkins eut lâché ma main. Il me vint tardivement à l'esprit que je ne m'étais pas présenté. Si ça ne montrait pas à quel point j'étais perdu, je ne savais pas ce qui le ferait.

« Ward, Ward Taylor », proposai-je un peu tard.

Quand mes yeux se posèrent sur Susannah, ses joues étaient roses. Il me vint à l'esprit qu'elle était peut-être aussi mal à l'aise que moi. Ce n'était pas la première fois que j'aurais aimé savoir comment me comporter.

Le docteur Jenkins hocha simplement la tête avec un sourire amical et se tourna pour commencer à examiner Susannah. Pendant ce temps, mon esprit s'égara temporairement.

Le truc c'est que je n'avais aucune idée de comment faire tout ça. Je savais exactement ce que je voulais, mais les murs que Susannah élevait ne me facilitaient pas la tâche. Je pouvais combattre des incendies, sauver des vies, soulever toutes sortes de choses lourdes... Mais me battre pour faire accepter à Susannah qu'elle était censée être à moi. Eh bien, c'était moins facile. Même si je savais ce que je voulais, ça n'aidait pas que je n'aie aucune expérience dans le domaine.

Mon propre père n'était pas resté longtemps. Il avait très bien géré la partie « donneur de sperme ». Il s'était aussi très bien débrouillé dans le divorce d'avec ma mère. Je me disais qu'il avait été intelligent de se marier pour l'argent. C'était l'un des seuls modèles de père que j'avais eu.

Le deuxième modèle était mon beau-père, le père de Dwight. Il se pensait aussi intelligent en se mariant pour l'argent. Mais ma mère n'était plus aussi stupide. Elle n'avait pas été cynique au point de refuser le mariage, mais elle avait été assez pragmatique dans l'aspect financier. Mon beau-père avait également très bien géré la partie « donneur de sperme ». Dwight était arrivé et quand il avait environ cinq ans, mon beau-père avait demandé le divorce. Il avait obtenu son divorce, mais pas d'argent. Il avait passé les douze années suivantes à faire vivre un enfer à ma mère, la traînant au tribunal à maintes reprises dans des efforts infructueux de lui soutirer de l'argent. Le pauvre Dwight avait été passé de main en main entre son père et ma mère. Ce n'était pas étonnant qu'il soit perdu à propos de qui et quoi comptait dans sa vie.

Bref, mon image de père et mes compétences étaient limitées, mais je n'avais aucune intention de laisser mon enfant grandir sans un père présent.

Ma mère, elle, avait été incroyable. Elle était une ancre pour moi et pour Dwight. Je ne savais pas s'il l'admettrait un jour, mais le choix qu'elle avait fait de ne jamais dénigrer son père était un cadeau. Elle était là pour nous de toutes les manières qui comptaient. Dwight avait tout ramené à l'argent, alors que j'aurais donné le monde pour avoir plus de temps avec elle.

Mais je n'avais pas eu cette chance. Je me disais que

si je pouvais être un père à moitié aussi bon que ma mère avait été, je serais peut-être à moitié décent.

Mon train de pensées sinueux fut interrompu quand le docteur Jenkins prononça mon nom.

« Ward ? » Son ton indiquait qu'elle avait déjà prononcé mon nom plus d'une fois.

Je regardai dans sa direction et hochai la tête. « Désolé. » Mes mots me surprirent. « Je n'ai jamais été au rendez-vous de médecin de quelqu'un d'autre. C'est un peu étrange. »

Le sourire du docteur Jenkins était plus que poli cette fois. Elle hocha la tête vers l'écran derrière la table d'examen. Pendant que j'étais perdu dans mes pensées, Susannah s'était allongée sur la table et le docteur avait mis quelque chose entre ses jambes. Je n'osai pas demander ce que c'était.

Le docteur Jenkins désigna l'écran. « Voilà votre bébé. »

En regardant l'écran, je vis une image granuleuse noire, blanche et grise avec la forme distincte d'un bébé recroquevillé. Sans voix, je regardai simplement. Quand je ne dis rien, le docteur Jenkins continua. « Alors ce son que vous entendez... » Elle s'arrêta pour me regarder, un sourcil levé d'un air interrogateur. Je hochai la tête quand j'entendis un bruit rapide et sourd mais régulier. « C'est le battement du cœur », termina-t-elle.

Le cœur serré, je regardai. J'avais des tonnes de questions. Je me limitai à une seule. « Quand est-ce qu'on saura si c'est un garçon ou une fille ? »

« J'ai déjà programmé la prochaine échographie. Ce sera à environ vingt et une semaines. À ce moment-là, on sera en mesure de le déterminer. »

Je rencontrai son regard fixe et gentil et je réussis à hocher la tête. L'émotion me berçait, me donnant des coups de pied au cœur et me bloquant la gorge. Je baissai les yeux vers Susannah, allongée dans sa robe fine, mes yeux remarquant de loin qu'elle avait la chair de poule et que sa peau avait une teinte glacée et bleuâtre.

Pendant un instant, ce fut comme si nous étions seuls dans la chambre stérile. J'oubliai la présence du docteur Jenkins. Nos regards se croisèrent et cette électricité désormais familière s'éleva entre nous.

À ce moment, le biper du docteur Jenkins sonna, stoppant notre intimité. Je détournai le regard, mais glissai ma main sur le mollet de Susannah.

Le docteur Jenkins s'éloigna pour répondre à son appel, demandant à Susannah de tenir la baguette.

« La baguette ? », demandai-je une fois que le docteur Jenkins était hors de portée de voix.

Susannah sourit, le papier sous elle se froissant alors qu'elle se déplaçait pour atteindre entre ses cuisses. « Ce truc », dit-elle en la remuant. « Crois-moi, tu n'as aucune idée de la chance que tu as d'être un homme. On pourrait croire que c'est amusant, mais ça ne l'est pas. C'est une baguette froide et dure. C'est ce qu'ils utilisent pour l'échographie », expliqua-t-elle alors que j'avais toujours l'air confus.

« Oh », dis-je enfin juste au moment où le docteur Jenkins revint dans la pièce.

Le docteur Jenkins se remit tout de suite au travail, passant rapidement en revue quelques éléments et m'expliquant tout. Une fois qu'elle dit qu'elle avait terminé, elle demanda calmement à Susannah de retirer la baguette, elle enleva rapidement la protection et la jeta dans la poubelle non loin, avec ses gants en latex. Je me tenais là, pensant qu'il ne m'était jamais venu à l'esprit qu'un préservatif serait utilisé dans le cabinet d'un médecin.

Après que Susannah se fut rassise, le docteur Jenkins jeta un coup d'œil dans notre direction. « D'autres questions ? »

Je regardai Susannah parce que je n'avais vraiment aucune idée de quoi demander. Je ne pensais pas qu'il serait approprié de demander au docteur Jenkins comment persuader Susannah que ce qui nous unissait était bien plus que du sexe.

En rentrant chez moi plus tard dans l'après-midi, j'étais impatient. Après avoir quitté le cabinet du médecin, Susannah s'était à nouveau éloignée. Elle ne m'avait même pas donné la chance de m'approcher suffisamment pour l'embrasser et avait pratiquement couru vers sa voiture. J'arrivais au point où je voulais exiger plus, la forcer à faire face à ce qui était si évident.

Chapitre Trente-Et-Un

SUSANNAH

Ma mère me fixait, les yeux écarquillés. J'avais hérité de ses yeux bleu ciel et presque translucides. J'avais aussi ses cheveux. Je détestais ma couleur de cheveux quand j'étais plus jeune. C'était juste assez roux pour me donner le surnom *Red* à l'école. Même maintenant, en tant qu'adulte, je ne comprenais pas très bien qui avait inventé le terme blond vénitien.

Mais ma couleur de cheveux n'était pas vraiment le problème en ce moment. J'avais fait l'impossible. J'avais choqué ma mère.

« Tu es enceinte ? », demanda-t-elle.

« Euh ! Je sais que c'est une surprise. J'ai été surprise aussi. »

Nous étions dans la cuisine de la maison de mes parents. Leur maison était sur une falaise surplombant un champ, avec les montagnes au loin. Enfin, dire « avec les montagnes au loin » pourrait décrire presque n'importe quel endroit en Alaska. Mais même si elles étaient partout ici, ça n'enlevait rien à la beauté époustouflante du paysage.

J'adorais la cuisine de mes parents, probablement

parce que j'y ai passé beaucoup de temps en grandissant. Ils vivaient dans une maison style ferme avec une cuisine assortie. Des armoires bordaient les murs avec un îlot massif qui portait la cuisinière et un évier, entouré de tabourets. C'était ma station de travail en grandissant. Ma mère préparait le dîner pendant que je faisais mes devoirs.

Avant mon annonce, ma mère était occupée à couper des carottes. J'étais assise en face d'elle sur l'un des tabourets, sirotant une tasse de thé. C'était un après-midi de printemps frais et mes mains étaient froides. Je les enroulais autour de la tasse chaude, absorbant sa chaleur.

Posant son couteau, elle attrapa l'un des tabourets. Le tirant vers elle, elle s'assit. « Eh bien, j'imagine que tu ne me dirais pas ça si tu n'avais pas prévu de le garder », dit-elle finalement.

« Effectivement. C'est peut-être fou, et je n'avais certainement pas prévu ça, mais c'est la vie. »

Ma mère hocha lentement la tête, la surprise s'effaçant progressivement de son expression. « J'espère que cela ne te dérange pas que je demande qui est le père. Je ne demanderais pas, sauf que je ne sais même pas si tu vois quelqu'un. »

Elle avait l'air désolée. Aussi proche que j'étais de ma mère, elle n'était pas curieuse. En général, elle me laissait mon espace et attendait que je vienne la voir.

« Bien sûr, tu peux demander. Ce n'était pas sérieux avant. Mais j'imagine qu'on va dans cette direction maintenant. C'est Ward, Ward Taylor. »

Les yeux de ma mère s'écarquillèrent à nouveau. « Le nouveau surintendant de ton équipe ? »

À mon hochement de tête, ses yeux s'écarquillèrent encore plus. Je décidai de prendre les devants et de répondre à toutes les questions que j'imaginais qu'elle avait. « Maman, je l'ai rencontré il y a des années pendant ma formation en Californie. Ce n'était rien de sérieux, mais... Bon, il y avait un truc. Il est revenu, et tu n'as pas besoin de me dire que ce n'était pas la meilleure idée de coucher avec mon patron, mais je l'ai fait. »

Mes joues étaient brûlantes. Je ne l'avais peut-être pas dit à voix haute, mais mes raisons étaient plutôt évidentes.

Ma mère sourit sournoisement. « Je vois. »

« Non pas que je veuille entrer dans les détails, mais avant de te dire qu'on a été irresponsables, je te dis qu'on a utilisé des préservatifs. Je suis tombée enceinte quand même. Je ne savais pas comment Ward gérerait la nouvelle, mais il a été formidable. Je ne t'en ai pas parlé plus tôt, parce que, eh bien... j'étais plutôt paniquée. »

« Tu es à combien ? »

« Dix semaines. »

Ma mère me fixa, sa bouche s'ouvrant avant de se refermer. « Depuis combien de temps tu le sais ? »

« Environ un mois, c'est sûr. J'avais juste besoin de temps pour m'habituer à l'idée avant d'en parler à qui que ce soit. J'espère que tu comprendras », dis-je, sachant que ça la blessait probablement de réaliser que j'avais gardé la nouvelle pour moi. Par pur hasard, je ne l'avais vue qu'une fois depuis que je savais. D'habitude, je voyais mes parents toutes les semaines, mais ils étaient partis en voyage pour rendre visite à des amis à Washington pendant deux semaines le mois dernier.

Après quelques instants de silence, elle pencha la tête sur le côté et sourit lentement. « Une fois que ton père se sera habitué à l'idée, il va être ravi. Je n'imagine pas qu'on rencontrera Ward bientôt, n'est-ce pas ? »

« Bien sûr que si. Je voulais t'en parler d'abord et puis lui en parler. »

Le regard perspicace de ma mère me parcourut. « C'est du sérieux entre vous alors ? »

Tout d'un coup, des larmes brûlaient au fond de mes yeux. Parce que je ne savais pas ce que nous étions. Je pouvais sentir que Ward était très frustré. Il n'était pas du genre à se retenir de dire les choses. Mais j'étais moi-même de plus en plus frustrée. Je voulais notre bébé, mais je me sentais coincée par la situation et trop facilement influencée par mon corps. Le feu entre nous était trop brûlant pour être ignoré, mais ça aurait rendu les choses tellement plus faciles si je n'avais pas envie de lui comme ça.

Depuis le rendez-vous chez le médecin, il avait passé toutes les nuits avec moi. Chaque nuit, on couchait ensemble comme des fous. Parce que c'était tout ce qu'on savait faire apparemment. Mais quand nous n'étions pas emmêlés, presque fusionnés, je ne savais pas comment gérer sa présence dans ma vie. Je voulais le repousser et le reprendre immédiatement. Je savais que je pouvais être têtue, mais je n'avais pas l'habitude d'être à la merci des circonstances et des hormones.

Je ne savais pas que j'avais commencé à pleurer jusqu'à ce que ma mère me tende un mouchoir. Elle était silencieuse pendant un moment puis me secoua à nouveau avec ses mots. « Toi aussi tu étais une surprise. »

« Ah bon ? », demandai-je, la regardant alors qu'une autre larme roulait sur mon mouchoir.

Elle hocha la tête en souriant doucement. « Oh, j'étais déjà éperdument amoureuse de ton père, mais on n'était même pas fiancés à l'époque. Je prenais la pilule, mais de temps en temps j'oubliais. C'est comme ça que je suis tombée enceinte de toi. Tu as été le meilleur accident qui me soit jamais arrivé. Au moment où j'ai réalisé que j'étais enceinte, j'étais à deux mois. Comme je n'avais pas beaucoup mes règles avec la pilule, je n'ai rien remarqué d'anormal jusqu'à ce que je commence à vomir tous les matins. »

J'éclatai de rire parce que toute cette histoire était ridicule. « Alors, quand est-ce que vous avez décidé de vous marier ? »

« Oh chérie, tu le sais déjà. Il m'a demandé tout de suite, puis on s'est mariés en secret. »

L'esprit me prit, agitant un petit drapeau dans mon cœur. Tout semblait si simple, si seulement je pouvais croire que Ward ne faisait pas tout ça simplement par obligation.

J'avais entendu cette partie de l'histoire de mes parents, mais d'une manière ou d'une autre, j'avais raté la partie où j'étais une surprise. Quand je dis ça à ma mère, elle haussa les épaules.

« Ce n'était pas important. Je ne sais pas ce qu'il y a entre toi et Ward, et je ne l'ai pas rencontré, donc je ne peux rien dire. » Elle s'arrêta, son regard perspicace balayant mon visage. « On dirait qu'il s'implique. C'est une bonne chose, non ? »

Oh mon Dieu. Ma mère avait un avis. Je pouvais pratiquement la sentir retenir sa langue. Ce n'était pas comme si je pouvais lui dire que j'étais accro au sexe avec lui et que je ne pouvais pas penser correctement à cause de ça. Cela m'ennuyait presque que Ward soit si, eh bien, présent pour moi.

« Bien sûr que oui. C'est juste. Je ne sais pas. Même si je veux mon bébé, je ne suis pas sûre que c'est une bonne idée de prendre des décisions sur nous en tant que couple aussi vite. On n'est pas comme toi et papa. Je veux dire... »

Ma mère secoua vivement la tête. « Chérie, la vie est imprévisible. Bien sûr, c'est facile à dire parce que ton père et moi étions déjà ensemble quand je suis tombée enceinte. Mais ce n'est pas comme ça que ça marche. Chaque relation, en particulier quand il y a un enfant, nécessite du travail. Je fais le choix chaque jour de continuer à travailler sur ce que j'ai avec ton père. Il fait pareil. Tu ne peux pas te contenter du début amusant et fou d'une relation. Ce n'est pas aussi simple. Tu construis tes bases. Je ne dis pas que tu dois être avec Ward. Je dis juste de ne pas chercher ce que tu es *censée* faire. Certaines relations incroyables naissent d'accidents. D'autres planifient chaque seconde de leur vie et divorcent. Il faut suivre le cours de la vie et surfer sur les vagues au lieu de te battre contre le courant. Si Ward est impliqué et qu'il est là pour toi et le bébé, eh bien, ça en dit long sur lui. »

Après ce petit discours, tout ce que je pouvais faire était de hocher la tête. Je n'étais pas encore prête à répondre.

Chapitre Trente-Deux

SUSANNAH

« Encore ? », demanda Lucy, incrédule.

Amelia posa ses cartes sur la table en levant les yeux au ciel. « Pourquoi tu es aussi surprise ? Maisie gagne presque tout le temps. »

Je me penchai en arrière sur ma chaise en jetant un coup d'œil à Maisie qui haussa simplement les épaules. « Vous n'allez pas me dire qu'il faut que je commence à faire exprès de perdre », proposa-t-elle avec un sourire narquois.

Lucy leva les yeux au ciel et tendit la main pour prendre la bouteille de vin du milieu de la table. Elle remplit son verre de vin en soupirant. « Très bien. Je peux toujours garder espoir. Que de temps en temps, quelqu'un d'autre gagne. »

Le regard de Lucy croisa le mien alors qu'Amelia se penchait pour lui prendre la bouteille des mains. Sans dire un mot, je savais qu'elle se demandait quand j'avais prévu de partager mes nouvelles avec tout le monde.

Ce n'était pas que j'essayais de garder le secret, mais plutôt que j'essayais de trouver le bon moment.

Amelia m'offrit une ouverture facile quand elle commença à me tendre la bouteille de vin avant de la poser. « Où est ton verre ? »

Je n'étais pas une grosse buveuse, mais j'appréciais généralement un verre de vin ou une bière avec mes amies. Je croisai son regard et haussai les épaules. « Bon, j'imagine que je peux vous le dire maintenant. Je suis enceinte. »

Mes mots tombèrent avec un bruit sourd au milieu de la table. On faisait une soirée entre filles. Ce n'était rien d'officiel, mais nous nous réunissions régulièrement pour jouer aux cartes, dîner et passer du temps ensemble. Ce soir, nous étions chez Cade et Amelia. Cade avait été chassé et s'était réfugié au Wildlands.

Nous étions assises à une petite table ronde dans leur cuisine. Amelia avait construit cette maison quelques années avant que Cade ne revienne à Willow Brook. Le rez-de-chaussée était ouvert, avec une cuisine américaine s'ouvrant sur le salon. Jetant un coup d'œil autour de la table, je rencontrai deux paires d'yeux surpris chez Amelia et Maisie. Amelia jeta un coup d'œil à Lucy qui n'avait pas l'air aussi surprise parce qu'elle savait déjà.

« Pourquoi tu n'es pas choquée ? », demanda Amelia.

Je répondis pour Lucy. « Parce que je le lui ai déjà dit. J'avais besoin de conseils. »

« Tu es enceinte ? », demanda Maisie, son ton incrédule.

« Ouais », dis-je en sentant mes joues chauffer. « Je pense que je ferais mieux de tout expliquer. Il y a quatre ans, j'ai rencontré Ward pendant ma formation en Californie. Je n'aurais jamais pensé le revoir. Donc on a eu une aventure d'un soir. Rien de grave, vous voyez l'idée ? » Jetant un coup d'œil autour de la table, je trouvai à nouveau les yeux écarquillés d'Amelia et Maisie et un regard d'empathie chez Lucy. Je continuai : « Donc, quand il est arrivé ici... »

Maisie intervint. « Pour être ton patron. »

Mes joues devinrent encore plus chaudes. « Je sais bien. Quoi qu'il en soit, on peut dire qu'on avait encore une certaine alchimie. C'était censé être juste une autre nuit. Mais je suis tombée enceinte. Alors maintenant... » Je soupirai, posant mon menton dans mes mains et jetant un coup d'œil à mes amies. « Eh bien, maintenant je vais avoir un bébé. »

Les yeux de Maisie me parcoururent. « J'avais remarqué que tu avais l'air un peu différente. Si j'avais su, j'aurais tout de suite compris. Mais comme tu ne sortais pas avec qui que ce soit, du moins pas à ma connaissance, je n'aurais jamais soupçonné ça. Tu en es à combien ? »

Dans la foulée d'une autre profonde inspiration, je répondis : « Presque à la fin de mon premier trimestre, dix semaines et demie. »

La bouche d'Amelia s'ouvrit. « Depuis combien de temps tu le sais ? »

« Eh bien, j'ai fait un test de grossesse après une semaine de retard dans mes règles, donc environ cinq semaines. Écoute, j'étais paniquée et je le suis toujours. J'ai attendu de le confirmer avec mon médecin, puis j'ai parlé à Ward. »

« Donc vous êtes ensemble ? », demanda Maisie.

Je me posais la même question encore et encore. L'émotion se serra dans ma poitrine, mais je l'ignorai. « Je ne sais pas », dis-je enfin.

« Et lui alors ? Que pense-t-il du bébé ? Parce qu'un bébé c'est un gros changement », déclara Maisie.

« Merci, Captain Obvious ? », demanda Lucy.

Maisie leva les yeux au ciel. Ramassant les cartes

éparpillées sur la table, elle se tourna vers moi. « Je ne faisais pas d'humour. Beck et moi voulions un bébé, et c'est quand même beaucoup plus de travail que je n'aurais pu l'imaginer. Je ne changerais rien, mais ce n'est pas une à prendre à la légère. »

« Je sais. Je n'avais pas prévu ça, et je suis probablement folle, mais ça arrive quoi qu'il en soit. »

Amelia but une gorgée de son vin, son regard sombre alors qu'elle me regardait. « Et tu es sûre que c'est ce que tu veux ? »

« Fais-moi confiance, je sais que j'ai des options. Mais c'est ce que je veux. Je sais que ça n'a pas de sens. Ce n'est pas comme si on n'avait pas fait attention. Nous avons utilisé des préservatifs. Mais ça n'a pas suffi, c'est tout. »

Lucy éclata de rire. « Visiblement. Comment ça se passe avec Ward ? »

L'émotion que je n'arrivais jamais à chasser se serra à nouveau dans ma poitrine. « Je pense que ça se passe bien », réussis-je finalement à dire.

« Tu as décidé ce que tu voulais ? », demanda-t-elle, faisant référence à notre dernière conversation.

Amelia jeta un coup d'œil entre Lucy et moi. « Évidemment, vous avez discuté toutes les deux. Laisse-moi deviner, tu pensais que Lucy te donnerait le conseil le plus direct. »

Souriant, je hochai la tête. « Bien sûr. Je ne l'ai tout simplement pas écoutée. »

« Qu'est-ce qu'elle a dit ? », demanda Amelia.

« Oh, tu sais, l'évidence. Je dois trouver ce que je veux. Mais le truc avec Ward, c'est que le sexe est génial. Je veux dire : vraiment génial. Mais c'est un peu difficile pour moi de savoir ce que je ressens vraiment. Je veux dire... » Je m'arrêtai, essayant de rassembler mes pensées en quelque chose de sensé. « Je crois que j'ai peur de laisser nos superbes parties de jambes en l'air me conduire à quelque chose de sérieux alors que je ne suis pas sûre que c'est ce que je veux. On ne devrait pas se mettre ensemble simplement parce que je suis enceinte. »

Trois paires d'yeux me fixèrent alors que je regardais autour de moi. Même si les expressions variaient, l'ambiance générale « De quoi ? ».

« Bah, comment est-ce qu'il a géré l'annonce de ta grossesse ? », demanda finalement Maisie.

« Mieux que ce à quoi je m'attendais. Je veux dire, il était choqué, mais une fois que je lui ai dit que j'allais garder le bébé, il était... Eh bien, il m'a soutenue. »

« Je comprends que tu ne veuilles pas imaginer que le sexe est synonyme d'une excellente relation, mais vu que tu as décidé de garder le bébé et qu'il est le père, ce n'est pas une situation simple. Si tu n'es même pas sûre d'en vouloir plus, tu devrais peut-être freiner le sexe. Parce que ça brouille les pistes, pour lui et pour toi », dit Amelia d'un ton prudent.

C'était ça le problème. Depuis des semaines, je m'étais dit que je ne savais pas ce que je voulais en ce qui concernait Ward et moi. Pourtant, il devenait douloureusement évident que je savais ce que je voulais. Ou plutôt, ce que je ne voulais pas. Quand j'imaginais mettre fin à ce que nous partagions, ma réaction était viscérale. Je ne pouvais même pas imaginer y mettre un terme. Je n'avais aucune idée, mais vraiment aucune idée, de quoi faire.

Quelle que soit l'expression qui traversa mon visage, Amelia remua sur sa chaise, passant son bras autour de mes épaules et m'attirant dans un câlin. « D'accord, tu as ta réponse. »

Prenant une inspiration tremblante et déglutissant lentement, je réussis à hocher la tête alors qu'elle se retirait. « Je n'ai rien prévu de tout ça. Je suis un peu perdue. »

Amelia repoussa sa chaise, se précipita vers la salle de bain et revint rapidement poser une boîte de mouchoirs sur la table. Ce n'est qu'à ce moment-là que je sentis une larme chaude couler sur ma joue.

Attrapant un mouchoir, je jetai un coup d'œil à mes amies. « Personne ne m'avait prévenue de l'état dans lequel ça me mettrait non plus. Je veux dire, mon médecin a dit que je ressentirais des fluctuations hormonales, mais bordel. »

Maisie sourit doucement, levant les yeux au ciel. « Oh ouais, j'étais dans tous mes états. » Elle dégrisa. « Écoute, peut-être que tu ne devrais pas trop t'inquiéter de tout régler maintenant. Peut-être que ce n'est pas grave d'y aller au jour le jour avec Ward. »

Je secouai fermement la tête. « Non, c'est pas possible. Un plan cul régulier et ami, c'est pas possible. Pas alors qu'on va avoir un bébé. »

Lucy tendit la main par-dessus la table, serra ma main et me tendit un autre mouchoir pendant qu'elle y était. Vu que j'avais presque déchiqueté celui que j'avais dans la main, c'était une bonne chose.

« Retour à la case départ. Il faut que tu définisses ce que tu veux. Mais on est là quoi qu'il arrive, et si c'est un connard, on lui bottera le cul pour toi », déclara Lucy.

Balayant la table des yeux, une petite bulle de joie s'éleva en moi. J'avais des amies géniales, et elles pouvaient réellement botter le cul de Ward si nécessaire. Peut-être pas seules, mais toutes ensemble, certainement.

En rentrant chez moi plus tard dans la nuit, je me demandai si Ward était chez lui ou chez moi. Il avait dormi si souvent chez moi qu'on n'en parlait plus vraiment. Je lui avais dit que je voyais des amies ce soir, mais c'était tout.

Alors quand j'arrivai dans mon allée, j'étais soulagée de voir sa voiture. Parce que peu importe à quel point j'essayais de me dire que ce n'était rien de plus du sexe et une grossesse, quelque part dans les coins de mon cœur, je savais qu'il me manquerait s'il n'était pas là.

En entrant, je trouvai Ward allongé sur le canapé, profondément endormi. Je pris le temps de le regarder. Même endormi, il était beau. Ses traits ciselés étaient austères dans la lumière ombragée et ses boucles sombres ébouriffées. Mes yeux parcoururent son corps. Même détendu, chaque centimètre de lui était sculpté. Son t-shirt et son jean ne masquaient guère la force brute qu'il dégageait.

Comme s'il sentait que je le regardais, ses yeux s'ouvrirent de ce regard argenté et brûlant qui trouva le mien. Mon ventre se retourna, empli de papillons sauvages.

Dans un élan de courage, je posai mes hanches sur la table basse, joignant les mains et posant enfin la question que j'aurais dû poser il y a des semaines. C'était déjà assez compliqué que je ne sache pas ce que je voulais, mais je ne savais même pas ce qu'il voulait. « Qu'est-ce que tu veux ? »

Il arqua un sourcil. « Je ne suis pas sûr de ce que tu veux dire. »

« Entre nous ? »

Le moment semblait lourd et incertain. Alors qu'il me fixait dans la douce lumière de la lampe de chevet, il ne répondit pas. Pas au début. Après ce qui semblait être une éternité, mais qui n'était probablement que quelques minutes, il tendit la main, la glissant sur mon genou et le long de mon mollet. Je n'avais même pas remarqué que je remuais nerveusement le pied.

« Toi », dit-il enfin.

Un mot simple, si clair, si confiant et si possessif.

L'émotion s'épaissit dans ma gorge, et je déglutis, essayant de repousser le sentiment de panique qui montait en moi.

Je ne dis rien. Les émotions me frappaient : soulagement, confusion, frustration. Une partie de moi savourait à quel point il était dominant, énonçant si clairement ce qu'il voulait. Cette même part de moi ravie à l'idée d'être celle qu'il voulait. Pourtant, j'étais en même temps saoulée de voir à quel point j'étais sensible à cette idée. Ne sachant pas comment démêler le fouillis d'émotions que je traversais, je ne répondis pas et je me tournai pour regarder par la fenêtre derrière moi, mon courage se dégonfla. Le soleil était tombé sous l'horizon, laissant des traînées de rose pâle dans son sillage.

Tout d'un coup, j'avais besoin de vomir. Me précipitant vers la salle de bain, j'étais presque ennuyée quand Ward me suivit, tenant mes cheveux alors que je vomissais dans les toilettes.

D'une manière ou d'une autre, le fait qu'il soit si attentionné ne faisait qu'empirer ma confusion. Parce que ça faisait partie de ce qui réchauffait mon cœur et que je ne voulais pas lâcher prise.

Chapitre Trente-Trois

WARD

Je poussai la porte avec mon épaule, traversant la réception avant de la caserne. Une tasse de café dans une main et une pile de papiers dans l'autre, je m'approchai du bureau de réception. Comme d'habitude, Maisie était occupée, tapant sur son ordinateur et répondant à un appel, une histoire de chat et de pelleteuse.

Maisie leva les yeux et je haussai un sourcil parce que je ne pouvais m'empêcher de me demander à qui elle parlait de ce genre de trucs. Elle se mit presque à rire, mais elle plissa les yeux et me fixa à la place. Je me détournai, appuyant mes hanches contre son bureau et buvant une longue gorgée de café.

La caserne était sur Main Street, près du centre-ville. La ville se remplissait de jour en jour. Je n'avais pas vraiment visité Willow Brook depuis que j'étais arrivé, ou quand j'étais venue quelques années plus tôt. Mais j'avais entendu dire que comme partout en Alaska, la population explosait en été. Nous étions au milieu du printemps à ce stade et les touristes continuaient à affluer en ville. En ce moment, la rue principale était animée de gens allant des boutiques aux restaurants. Il y avait beaucoup de touristes différents : certains venaient simplement pour profiter de la vue et faire du shopping, d'autres pour des activités de plein air légères, tandis que d'autres étaient des noyaux durs et utilisaient la ville comme rampe de lancement pour des randonnées, du vélo, du camping, de la chasse, de la pêche et plus encore partout en Alaska.

J'entendis Maisie mettre fin à son appel et je me retournai. « Un chat ? », demandai-je.

Elle leva les yeux au ciel, enleva son casque et le posa sur le bureau à côté de son clavier. « Oui, un chat. C'était Carrie Dodge. On essaie de la convaincre d'arrêter d'utiliser sa pelleteuse pour sortir son chat, Herman, des arbres. »

« Hein ? »

Maisie sourit ironiquement. « Oui, elle a sa propre excavatrice et elle s'est retrouvée coincée une fois en tombant dans un fossé avec. Si tu n'es pas encore allé en mission chez elle, ça viendra. Herman aime rester coincé dans les arbres. J'ai déjà appelé Beck et il m'a promis qu'il passerait. Il s'en occupera. »

Je ne pus m'empêcher de rire. J'adorais le fait que Willow Brook soit une assez petite ville pour entretenir un sentiment familial. J'avais grandi dans une petite ville du Montana, mais elle s'était développée si vite jusqu'à ne plus être petite du tout. C'était agréable d'être à nouveau dans une petite ville.

La pensée qui dansait dans mon esprit était que je me verrais bien rester ici bien plus que deux ans, comme mon contrat m'y tenait. Il m'était venu à l'esprit de nombreuses fois que puisque la famille de Susannah était ici, il était fort probable que notre enfant serait élevé ici.

Avant que je puisse fuir ce train de pensées, mon

cœur se serra, ce qui se produisait chaque fois que je pensais à Susannah. Mon esprit revint à l'autre soir quand elle m'avait demandé ce que je pensais de *nous*. Je savais exactement ce que je voulais et je l'ai dit. Elle s'était retirée et était redevenue silencieuse. Ma frustration montait. J'étais à deux doigts d'exiger qu'elle arrête de nier ce qui était si clair : la connexion entre nous était trop puissante pour être ignorée. Mais elle avait eu une autre nausée à ce moment-là, mettant fin rapidement à notre conversation, ou à l'absence de réponse.

Prenant une gorgée de café pour me donner de la force, je remis les papiers de commande que je savais remplir grâce à Maisie. Elle les attrapa, feuilleta les pages, scannant les documents rapidement. Elle leva les yeux avec un sourire. « Parfait ! »

« Hé, je sais comment passer commande. »

Elle sourit à nouveau. Pendant un instant, elle soutint mon regard et je sentis qu'elle pensait à quelque chose. « Alors j'ai entendu dire que tu vas être père », dit-elle, me prenant par surprise.

Le ventre de Susannah commençait à faire une bosse et je savais qu'elle était proche de Maisie. Il allait de soi que ses amies sauraient au courant. Je réussis à hocher la tête puis pris une autre gorgée de café, hottant le besoin de répondre tout de suite.

Maisie ne me laissa pas esquiver. « Juste pour que tu saches, tu ferais mieux d'être réglo avec Susannah. Elle est géniale. Je sais que c'était une surprise pour vous deux, mais c'est vite sérieux quand il y a un bébé. »

Malgré l'envie de courir, je me forçai à lui faire face. Parce qu'elle avait raison. La partie délicate était que j'étais au clair sur ce que je voulais. J'étais totalement dévoué à Susannah et à notre bébé. Mais je n'avais aucune idée de la position de Susannah. Et j'avais son amie qui me confrontait alors qu'elle n'avait rien à craindre. Oubliant ma prudence, je pris un risque.

« Écoute, je vais être franc avec toi. J'aime Susannah et je n'ai aucune intention de partir. J'ai peut-être été surpris par le bébé, mais je peux gérer. Le problème, c'est que je ne sais pas trop ce que veut Susannah. »

Maisie me fixa, la bouche grande ouverte. Après un temps, elle la referma et pencha la tête sur le côté. « Mince. Eh bah. Je t'avais jugé trop vite. »

« Ce n'est pas comme si tu me connaissais depuis longtemps. Tu as des suggestions sur la façon de faire comprendre à Susannah que c'est plus que... ? » Mes mots s'éteignirent. J'étais peut-être direct, mais j'avais un peu de respect. Je n'étais pas sur le point d'expliquer à quel point les choses étaient bien au lit.

Maisie sourit lentement, une lueur dans les yeux. « Je vois. Je comprends ton point de vue. Comment lui faire croire que c'est plus que du sexe ? Dis-lui ce que tu ressens. »

« Je l'ai fait », répondis-je rapidement.

« Tu lui as dit que tu l'aimais ? »

« Enfin, pas exactement ça. »

Maisie leva les yeux au ciel. « Je ne te connais peut-être pas depuis longtemps, mais j'ai l'impression que tu es habitué à obtenir ce que tu veux. Tu ne peux pas juste faire comme si elle était à toi et enchaîner. Tu vas devoir parler de tes sentiments. »

Mon cœur fit un bond. Je ne voulais pas l'admettre, mais elle avait raison. J'avais l'habitude d'obtenir ce que je voulais. C'était peut-être la première fois de ma vie que je voulais une femme comme je voulais Susannah. Certainement, la première fois que je voulais une famille. Mais il n'y avait absolument aucun doute dans mon esprit et dans mon cœur de ce que je voulais. Mais j'étais plus focalisé sur le fait de revendiquer Susannah que sur le fait de parler de mes sentiments.

Je lançai un sourire penaud vers Maisie. « Entendu. »

« Autre chose que tu ferais mieux de considérer. Tu as besoin de réfléchir à la façon dont tu vas le dire à l'équipe. Pour moi, c'est plus ta responsabilité que la sienne », dit-elle avec insistance.

« Eh, bah, tu ne me fais pas la vie facile. »

Maisie haussa les épaules. « Nan. C'est comme ça. »

Je savais qu'elle avait raison. Je pris une inspiration, posant mon coude sur le comptoir à côté de son bureau. « Je sais, mais j'ai l'impression que je dois suivre son mouvement là-dessus. »

Je ne pouvais pas croire que j'étais sur le point de demander conseil à Maisie, mais j'étais désespéré. « Une suggestion ? »

Ses grands yeux bruns soutinrent les miens pendant un long moment avant qu'elle n'acquiesce lentement. « Bien sûr. Dis-lui ce que tu ressens et respecte ses souhaits », dit-elle catégoriquement. « Elle est aussi surprise que toi par tout ça, ne l'oublie pas. »

Il me vint à l'esprit que Maisie pourrait peut-être me donner quelques suggestions sur la grossesse de Susannah. Chaque fois que j'essayais de lui poser des questions, elle me repoussait. Je savais qu'elle avait plus de nausées que je ne le souhaiterais. Étrangement, ça n'avait pas eu le moindre effet sur notre vie sexuelle. C'était comme si on ne pouvait pas être dans le même lit sans coucher ensemble.

« Ça te dérange si je te pose une question ? »

« Vas-y », dit Maisie.

« Tu avais eu des nausées ? »

Ses boucles brunes rebondirent quand elle hocha la tête. « Elle en a beaucoup ? »

Passant une main dans mes cheveux, je soupirai. « Je n'ai rien à quoi comparer. C'est pour ça que je te demande. J'ai l'impression que c'est tous les deux jours environ, et je ne sais pas pourquoi on appelle ça la nausée du matin parce que ça arrive aussi l'après-midi. »

Maisie sourit doucement. « Je n'ai été enceinte qu'une seule fois et mon médecin, qui est d'ailleurs le même médecin que celle de Susannah, a dit que ça variait pour tout le monde. Elle a aussi dit que ça s'améliore généralement après le premier trimestre. »

« Si mes calculs sont bons, c'est bientôt passé. »

À ce moment, la porte s'ouvrit et Susannah entra. Je ne pus m'en empêcher, au moment où je la vis, mon corps se contracta. Elle était tellement belle. Ses cheveux détachés, ses boucles tombantes sur ses épaules et autour de son visage. Ses joues rincées par l'air frais du printemps. Quand elle leva les yeux et me vit debout à côté de Maisie, elle sembla légèrement confuse, mais esquissa un rapide sourire.

Alors qu'elle ouvrait la fermeture éclair de son coupe-vent, mes yeux se posèrent sur son ventre. Ça commençait à se voir. Pas beaucoup, mais suffisamment pour que quiconque la connaît bien le remarque.

« Hé vous », dit-elle avec désinvolture en s'approchant de nous, appuyant ses coudes sur le comptoir à côté de moi.

Maisie sourit. « Hey, quoi de neuf ? »

Susannah soupira en levant légèrement les yeux au ciel. « J'aide Rex aujourd'hui. Apparemment, il a un tas de trucs à me faire faire dans les fichiers informatiques. »

Maisie lui lança un sourire contrit. « Désolée. Il te

fait aider sur un projet qui me prend une éternité parce que je n'ai jamais le temps. Il veut transférer tous les anciens fichiers du poste de police dans un dossier électronique. C'est assez fastidieux. En plus, la caserne existe depuis les années 1940. Ça fait beaucoup de dossiers. J'aurais pensé qu'il se passait moins de choses à l'époque. »

Susannah rit doucement. « Non, c'était l'anarchie à l'époque. Il se passait toujours quelque chose. »

Le regard de Maisie la survola. « Comment tu vas ? Ward a mentionné que tu avais des nausées. »

Au moment où Maisie parla, je réalisai mon erreur. Les yeux de Susannah passèrent de Maisie à moi, pleins de colère. « Je vais bien », dit-elle avec raideur.

Imperturbable, Maisie haussa les épaules. « Je posais juste la question. N'oublie pas de dire au docteur Jenkins tout ce qui sort de l'ordinaire. »

J'étais plus que soulagé quand un appel arriva pour Maisie, interrompant commodément notre conversation. Maisie prit l'appel, nous faisant signe alors que je me tournais pour aller vers la réserve arrière. Je tins la porte ouverte, regardant Susannah. « Tu veux venir dans mon bureau pour quelques minutes ? »

Qu'elle le veuille ou non, elle me suivit. Je fermai la porte derrière nous quand elle entra. Lui faisant signe de s'asseoir à la petite table ronde dans le coin, je la suivis, me glissant sur une chaise en face d'elle.

Susannah ne perdit pas de temps. « Pourquoi est-ce que tu parles de moi à Maisie, bordel ? »

Je levai les mains en signe de reddition. « Je ne voulais pas t'énerver. Elle a juste demandé comment tu allais, c'est tout. Comme je suis un mec, et apparemment un idiot, je m'inquiétais de comment tu allais, alors je lui ai demandé. »

Susannah avait l'air mal, très tendue. Elle me fixa

quelques instants puis secoua la tête avant de détourner le regard.

« Ward », dit-elle finalement en se retournant vers moi. « Je pense qu'on devrait ralentir tout de suite. Évidemment, je sais que tu vas faire partie de ma vie parce que nous allons avoir un bébé. Mais je ne suis pas sûre d'être prête pour plus. Je n'arrive pas à réfléchir alors qu'on couche encore ensemble, donc je pense que c'est mieux qu'on arrête de se voir dans ce contexte-là. »

Mes tripes se nouèrent, la panique montant dans ma gorge.

Ignorant la tension, je me concentrai sur elle. « Non. Je t'ai dit ce que je voulais. Toi. Peut-être que tu n'es pas prête à l'entendre, mais je t'aime. Ce n'est pas que du sexe, et tu le sais très bien. Tu ne peux pas me repousser. »

Ses yeux se plissèrent, ses lèvres se serraient en une ligne fine. Elle secoua vivement la tête. « Tu ne peux pas me dire quoi faire. C'est déjà assez grave que tu sois techniquement mon patron, que je sois enceinte, et que je doive trouver comment en parler au reste de l'équipe. Tu ne vas pas me forcer là-dessus aussi. »

Elle se leva brusquement, renversant presque sa chaise. Il y eut un bruit précipité dans ma tête, ma gorge se serra d'émotion et mon cœur cogna contre mes côtes.

« Tu ne peux pas tout décider. À l'heure actuelle, on est deux amis avec un plan cul régulier et beaucoup plus de complications que la plupart des amitiés. Je suis une grande fille, je vais me débrouiller. Mais pas si tu es dans mon lit tous les soirs. » Elle se leva brusquement. « Je dois partir. S'il te plaît, ne viens pas chez moi ce soir. »

Sur ces mots, elle partit rapidement, le bruit de ses

bottes de cow-boy frappant contre le sol dans le couloir, marquant son départ.

Abasourdi, je restai assis là. J'étais toujours assis là quand Maisie passa la tête par la porte. « Qu'est-ce que tu lui as dit ? », demanda-t-elle, les yeux sévères.

En levant les yeux vers Maisie, je lui lançai un regard noir. « Hé, ne me mets pas la faute dessus. J'ai suivi tes conseils. Je lui ai dit que je l'aimais et elle est partie. »

Les yeux de Maisie s'écarquillèrent. « Oh merde. »

SUSANNAH

« Mwah ! », s'exclama Maisie en déposant un baiser exagéré sur le ventre de Max.

Je la regardai alors qu'elle le faisait tourner sur ses genoux, ajustant la couche fraîche qu'elle venait de lui mettre avant de lui enfiler un pyjama léger. Le petit Max avait presque trois mois maintenant, un petit garçon potelé aux cheveux noirs bouclés comme ceux de sa mère.

Mon cœur se serra, une vague d'émotion me frappa si fort que je faillis fondre en larmes. J'avais commencé à sentir notre bébé. Je le sentais depuis que je savais que j'étais enceinte, mais maintenant j'avais des conversations entières avec lui. Je m'étais convaincue que nous allions avoir un petit garçon. Il me restait plusieurs semaines avant de le savoir avec certitude.

Maisie se leva, installant Max dans sa chaise à bascule non loin. En quelques secondes, il s'endormit. Maisie l'enveloppa dans une couverture puis revint, s'asseyant à la table en face de moi. Nous étions chez elle, dans la maison qu'elle partageait avec Beck. J'étais déjà venue ici plusieurs fois, bien avant de connaître Maisie. Elle avait hérité cette maison de sa grand-mère quand celle-ci était décédée. Elle avait été joliment rénovée avec un salon ouvert et des fenêtres du sol au plafond donnant sur un champ.

Maisie pencha la tête sur le côté. « Est-ce que ça va ? »

Je hochai la tête en écartant une larme de ma joue. « Je n'ai jamais autant pleuré de ma vie », réussis-je à dire en reniflant et en riant doucement.

« J'imagine. J'étais dans tous mes états pendant toute ma grossesse. Je commence à peine à me sentir normale. Enfin, à part le fait que je sois obsédée par Max. Je trouve ça dingue qu'avant d'avoir un bébé, tu aies une vie normale. Après avoir eu un bébé, il est le centre de ton monde. Je ferais n'importe quoi pour lui. Je m'inquiète pour lui tout le temps, et j'ai l'impression que tout ça est une blague de taré. J'essaie de faire comme si j'étais à moitié normale, mais c'est pas facile. »

Je déglutis et pris une inspiration tremblante. « Ouais. J'espère que je pourrai faire ça à moitié aussi bien que toi parce que tu n'as pas l'air folle du tout. »

Elle esquissa un sourire. « Pour l'instant, je m'en sors pas mal à faire comme si je savais ce que je faisais. Si ça ne te dérange pas que je demande, qu'est-ce qu'il s'est passé hier avec Ward ? »

« Je lui ai dit qu'il fallait qu'on arrête de se voir comme ça. Je ne peux même pas dire que j'ai rompu avec lui parce que c'est pas comme si on était officiellement ensemble. On était amis slash c'était mon patron slash plan cul. On était ensemble que parce que je suis tombée enceinte. » Je secouai violemment la tête. « Je dois être rationnelle, et je ne peux pas réfléchir clairement quand il est chez moi tout le temps. En plus, je n'arrive pas à me retenir de lui arracher ses vêtements », dis-je sans retenue.

Maisie éclata de rire. « D'accord. C'est pas faux. » Elle s'arrêta, se calmant. « Il m'a dit qu'il t'aimait », dit-elle prudemment. « Pour ce que ça vaut, il avait l'air vraiment bouleversé après ton départ. »

L'espoir essaya de me saisir, mais je l'ignorai. « Je me sens enfermée, je ne sais pas comment savoir ce que je veux vraiment ? Je me sens déjà assez mal de l'avoir mis dans cette situation. J'essaie de gérer au mieux, mais il faut qu'on soit adultes. En l'état, je ne sais pas quoi dire à l'équipe. C'est une chose de leur dire que je suis enceinte, mais c'en est une autre de leur dire que notre nouveau patron est le père. Ça va être le bordel. »

Maisie resta silencieuse un instant, jetant un bref coup d'œil au loin quand Max fit un gargouillement dans son sommeil. En me regardant, elle haussa les épaules. « Je ne pense pas que ce sera si grave. Ce n'est pas comme si personne d'autre ne couchait ensemble. C'est peut-être une chose qu'il est ton nouveau patron, mais vous vous connaissiez avant et partagiez déjà une relation. »

« Relation amoureuse ? »

« Oh, tu sais ce que je veux dire. Ce n'est pas comme si c'était la première fois que tu couchais avec lui. »

« Oui, et parce que je suis vraiment pas possible, j'ai réussi à tomber enceinte la *deuxième fois* qu'on couchait ensemble », dis-je en soupirant.

Maisie gloussa, secouant lentement la tête. Se dégrisant à nouveau, elle me regarda. « Écoute, je ne le connais pas très bien, mais je pense qu'il t'aime vraiment. Tu devrais le voir quand il parle de toi. J'ai peur que tu laisses le sexe t'empêcher de voir ça. » Elle s'arrêta et leva les yeux au ciel. « Ça sonne bizarre, mais tu sais ce que je veux dire. »

« Je laisse le sexe m'empêcher de voir qu'il est amoureux de moi ? Oh mon Dieu. Écoute, toi et Beck... »

Maisie s'énerva. « Ne commence pas. Les relations ne sont pas simples. Ce n'est pas parce que Beck et moi avons fini par nous trouver que c'était facile. Arrête de te mettre des barrières. »

C'était trop. Même si une partie de moi savait que je devais écouter, j'étais fatiguée. Et je me sentais seule. Les nuits sans Ward étaient nulles. Je recommençai à pleurer. Ce qui était ridicule. Je n'étais pas vraiment une pleureuse, mais dernièrement, j'étais un robinet qui fuyait. « On peut parler d'autre chose ? », réussis-je à dire entre deux respirations.

Ses yeux bruns chauds tenaient les miens. « Oh, ma puce, je comprends. D'accord, qu'est-ce que je peux faire pour aider ? »

« Tu aides déjà », dis-je simplement.

Comme elle était ce genre d'amie, Maisie hocha la tête et commença à me raconter les derniers potins de la ville. En tant que dispatcheuse principale pour la caserne, elle était l'un des centres névralgiques de la ville.

Peu de temps après, j'étais prête à partir. Alors que je passai la porte, elle m'appela. « Zanna ? »

En jetant un coup d'œil en arrière, je demandai : « Oui ? »

« Je respecte ce que tu ressens, mais ne repousse pas Ward. J'ai un bon pressentiment pour vous deux. »

En me retournant, je la serrai dans mes bras avant de courir jusqu'à ma voiture. Je n'arrivais pas à parler parce que j'avais encore envie de pleurer.

Chapitre Trente-Cinq

WARD

Une semaine entière s'était écoulée depuis que Susannah m'avait dit d'aller me faire foutre. Bon, ce n'était pas tout à fait juste. Elle avait ses raisons de me demander de m'éloigner, mais j'étais quand même en colère contre le monde entier.

Quant à ce que je ressentais ? J'étais dévasté.

Elle me manquait tellement que ça faisait mal. Et ça ne faisait qu'une semaine. Je m'émerveillais de la rapidité avec laquelle j'étais devenu à l'aise avec elle. Je m'inquiétais pour elle et notre bébé tout le temps. Je n'arrêtais pas de trouver des excuses pour passer chez elle ou pour l'appeler, mais à chaque fois je me retenais.

Secouant la tête, je garai ma voiture sur le parking derrière Wildlands. Je retrouvais quelques-uns des gars ici. J'imaginais que c'était le positif qui venait du fait que je ne passe pas toutes mes nuits chez Susannah maintenant. Je n'avais pas fait beaucoup d'efforts pour sortir avec l'équipe. Étant l'un des nouveaux arrivés, il fallait qu'ils soient à l'aise avec moi, d'autant plus que j'étais aux commandes. Beck et Cade m'avaient presque ordonné de venir ici ce soir.

En entrant, je jetai un coup d'œil autour de moi, mes yeux les trouvèrent dans le coin. En me faufilant à travers les tables, je remarquai Chad au bar et je ressentis un pincement de colère en repensant à notre dernière rencontre. Même si je ne pouvais pas sortir Susannah de mes pensées, Chad était facile à oublier. Dès qu'il était hors de vue, je n'y pensais plus.

Rejoignant Cade et Beck à table, je m'installai avec une bière et discutai avec eux et les autres gars alors qu'ils arrivaient un par un de la caserne. Nous avions eu une semaine assez chargée au travail et avions même pris l'avion pour aider brièvement à un brûlage contrôlé dans une zone pleine d'arbres morts. Pour la première fois de ma vie, j'aimais mon travail non seulement parce que j'aimais ce que je faisais, mais parce qu'il m'occupait. J'avais besoin de m'occuper. M'occuper pour garder mes pensées loin de Susannah, la plupart du temps.

Pendant un silence dans la conversation, Beck se pencha vers moi. « Alors, comment va Susannah ? »

« Je ne sais pas », répondis-je en haussant les épaules et en buvant ma bière.

« Ah. Alors c'est comme ça ? Maisie m'en a un peu parlé, mais elle est super protectrice envers Susannah, donc je ne connaissais pas les détails. Vous avez rompu ? »

Je fis tourner ma bouteille de bière presque vide entre mes doigts et haussai les épaules. « Je ne suis pas sûr de pouvoir dire qu'on était officiellement ensemble. »

« Vous étiez assez ensemble pour qu'elle tombe enceinte », déclara Beck catégoriquement.

Je sentais qu'il essayait de me dire ce qu'il fallait

faire et de m'offrir son soutien en même temps. « Écoute, je n'ai pas besoin que tu sois de mon côté. Il n'y a pas de côtés. J'ai mis mes cartes sur table, et elle m'a demandé de la laisser tranquille. J'essaie de lui laisser un peu d'espace avant de rentrer dans le tas. »

Beck appuya ses coudes sur la table, ses yeux s'écarquillant d'incrédulité. « Et ça te va ? »

« Cade et toi m'avez dit que Susannah n'aimait pas qu'on lui dise quoi faire, non ? »

« Oui, mais les choses changent. Je l'ai vue à la caserne l'autre jour, et elle a l'air triste. C'est peut-être le moment de faire avancer les choses. À moins que tu ne veuilles être un spectateur dans sa vie et dans la vie de votre bébé », insista-t-il.

Mince. La gentillesse de Beck masquait à quel point il pouvait être brutal. Ma réaction interne était si forte que je claquai presque du poing sur la table. Parce que si je pouvais choisir ? Je ne voudrais certainement pas être un spectateur.

Quoi que Beck ait vu dans mes yeux, il hocha lentement la tête. « C'est ce que je pensais. Ne la laisse pas filer. Pas maintenant. Tu n'auras rien si tu n'essaies pas. Tu n'auras même pas une chance de l'avoir si tu n'essaies pas. C'est comme si tu laissais tomber. Et je ne pense pas que tu sois du genre à laisser tomber. »

Chapitre Trente-Six

WARD

Quelques bières plus tard, je vis Susannah entrer dans le bar avec Maisie, Amelia et Lucy. Au moment où je la vis, tout mon corps se contracta. Un désir pur me transperça. Merde. Elle m'avait manqué.

Beck et Levi étaient dans le coin en train de jouer au billard. Pendant ce temps, Cade était toujours à table avec moi et quelques autres gars de la caserne. Lucy et Maisie se dirigèrent directement vers Beck et Levi, tandis qu'Amelia se dirigeait vers nous. Susannah ne semblait pas m'avoir vu et s'approcha du bar.

Je la regardai s'arrêter et dire bonjour à une femme que je ne reconnaissais pas. J'avais oublié que Chad était là et je vis ses yeux se diriger vers elle. Oh, non. Je me forçai à rester immobile un instant, comme pour lui donner une chance de ne pas m'énerver.

Pas de chance. Il s'approcha directement de Susannah. Il lui dit quelque chose, et je vis Susannah froncer les sourcils d'ici.

Poussant ma chaise, je me levai, me faufilant dans la foule. Au moment où j'arrivai aux côtés de Susannah, ses yeux se posèrent sur les miens, son expression soigneusement contrôlée.

« Hé », dis-je simplement.

Pendant un instant, je crus qu'elle n'allait pas répondre, mais elle répondit. « Hé, comment ça va ? » À mon hochement de tête, elle fit signe à la femme à ses côtés. « Ward, voici la mère de Levi, Gloria Phillips. »

Son commentaire me surprit. Je n'avais remarqué que la présence de Chad, pas la conversation polie qu'elle entretenait. Me forçant à me concentrer, je regardai la femme à côté de Susannah. « Ravi de vous rencontrer. Levi est un gars formidable », articulai-je.

Gloria sourit, la ressemblance avec Levi évidente avec ses cheveux dorés et ses yeux bleus. Avec un clin d'œil, elle répondit : « Ça c'est sûr. Je suis sa mère, donc j'étais obligée de m'en assurer. Bienvenue à Willow Brook, même si j'ai cru comprendre que vous êtes ici depuis plus d'un mois. Ça vous plait pour le moment ? »

« La ville est très agréable, et je suis content d'être à la caserne. Une équipe formidable », répondis-je.

Gloria sourit et hocha la tête, détournant les yeux quand quelqu'un d'autre l'appela. Se retournant, elle tendit la main pour serrer l'épaule de Susannah. « C'est bon de te voir ma chérie. Dis-moi si tu as besoin de quelque chose, d'accord ? »

« Bien sûr, pareil pour toi » , dit Susannah.

Les yeux de Gloria croisèrent à nouveau les miens avec un autre sourire. « Très heureuse de vous avoir rencontré, Ward. J'espère vous revoir souvent. »

Ses mots semblaient lourds, contenant un sens que je ne comprenais pas très bien. Mais il me vint à l'esprit qu'elle était probablement amie avec la mère de

Susannah. En tant que telle, elle savait peut-être que Susannah était enceinte.

« Je suis sûr que oui. Ravi de vous rencontrer », fut ma réponse fade.

Les politesses se terminèrent alors que Gloria s'éloignait, je jetai un coup d'œil à Susannah. J'étais bien conscient que Chad était toujours à côté et que ses yeux étaient rivés sur nous. Avant que j'aie la chance de dire quoi que ce soit, il parla.

« Alors, qu'est-ce que l'équipe pense du fait que vous baisiez ? », demanda Chad en ricanant.

Le visage de Susannah devint blanc puis rouge vif, son souffle sifflant entre ses dents. Plusieurs des gars de l'équipe étaient à portée de voix. Je sentis quelques regards curieux se tourner vers nous. Je les ignorai. Me tournant pour faire face à Chad, la colère monta en moi. « Qu'est-ce que tu viens de dire ? », demandai-je, mon ton presque vibrant.

Peu m'importait que ce qu'il dise soit vrai jusqu'à il y a une semaine. Je me fichais même du fait qu'il essaie de m'humilier. Mais qu'il essaie d'humilier Susannah publiquement comme ça, c'était intolérable.

Chad leva les yeux au ciel, son regard plat marron passant entre Susannah et moi. « T'as entendu ce que j'ai dit. Ce que je n'arrive pas à comprendre, c'est comment tu as convaincu cette salope frigide de te laisser la sauter. »

Tout devint rouge dans mon cerveau. Je ne réfléchis pas à l'endroit où nous étions ni à qui se trouvait dans les parages. Je fis un pas en avant, serrant le poing et attrapant Chad par la chemise avec mon autre main. Le soulevant du sol, j'enfonçai mon poing dans son visage.

Il cria, le nez en sang alors que mon poing lui

rentra dedans. En un éclair, je sentis quelqu'un me tirer en arrière. J'essayais de les repousser.

« Ward, lâche-le », dit clairement une voix dans mon oreille.

En me retournant, je vis Cade. Il avait une poigne de fer sur mon bras. J'aurais facilement pu battre Chad. Mais Cade ? Pas si facile. Nous étions à peu près égaux, presque la même taille et le même poids. Il était fort et musclé, et il était sérieux. Je ne pensais pas qu'il hésiterait à utiliser la force pour m'empêcher d'être plus stupide que je ne l'avais déjà été.

Pourtant, j'essayai à nouveau de me libérer de son emprise. Le spectacle attira du monde. Beck et Levi arrivèrent pour relever Chad et l'éloigner de moi. Levi se dépêcha d'éloigner la foule.

Mes yeux cherchèrent Susannah et la trouvèrent debout au bord du cercle. Elle avait l'air énervée. « Zanna... », commençai-je à dire.

Elle secoua vivement la tête, son regard sur Chad, brûlant. Bien que Beck l'ait écarté, elle se dirigea droit vers lui. Sans la moindre hésitation, elle le frappa en plein visage. « Va te faire foutre, Chad. Tu es trop con pour réaliser que tu ne vaux le temps de personne. »

Merde, elle était magnifique quand elle était en colère.

À ces mots, elle s'éloigna et commença à partir.

Oubliant que Cade me tenait par le bras, je commençai à la suivre, seulement pour être rapidement tiré en arrière. « Où tu vas comme ça ? »

« J'ai besoin de lui parler », dis-je. « Je sais que j'ai déconné, mais tu n'as pas entendu ce qu'il a dit. »

« Oh, j'ai entendu. Je ne peux pas dire que je t'en veuille. J'essaie juste d'empêcher d'aggraver une situation déjà merdique. En l'état, si Chad veut porter plainte, mon père l'acceptera. Il est réglo », dit Cade en soupira.

« Je m'en fiche », dis-je catégoriquement. « J'ai juste besoin de parler à Susannah. »

Quoi que Cade ait vu dans mes yeux, il lâcha enfin mon bras. L'espace d'une seconde, je vis une pointe d'empathie dans son regard. Mon cœur se serra. Je pouvais imaginer que j'avais l'air fou. En soi, je l'étais. Il fallait que j'aille voir Susannah. Maintenant. « Si ton père arrive, dis-lui que je reviens tout de suite. »

Au signe de tête de Cade et enfin libéré de son emprise de fer, je courrai presque à travers la pièce, apercevant Susannah juste au moment où elle s'engouffrait dans le couloir arrière. Je la rattrapai rapidement. « Susannah ! »

Elle se retourna, ses yeux brillants. « Qu'est-ce qu'il y a, Ward ? Pourquoi t'as fait ça ? »

« Il t'a traité de salope. Je ne peux pas laisser ce genre de choses passer. »

« Je peux me défendre toute seule », rétorqua-t-elle.

On se regarda, l'air lourd, plein de sentiments et de non-dits. Chaque instant près d'elle faisait battre mon cœur si fort que tout mon corps vibrait.

Une semaine entière s'était écoulée sans que je la voie et le simple fait de la revoir me mettait dans tous mes états. Ma gorge était serrée et je pouvais à peine respirer. Elle me fixa un instant puis détourna le regard.

Un groupe de clients entra par la porte arrière. Susannah continua d'éviter mon regard alors qu'ils passaient à côté de nous dans le couloir. Jetant un rapide coup d'œil autour de moi alors qu'un autre groupe arrivait, j'attendis qu'ils nous dépassent et la tirai dans les petites toilettes.

Elle me repoussa une fois que j'eus fermé la porte

derrière nous. « Qu'est-ce que tu fais ? », siffla-t-elle. « Tu n'as pas le droit. Chad est un connard, ça a toujours été un connard, et ce sera toujours un connard. Ce n'est pas parce qu'il a dit quelque chose d'horrible que tu peux le frapper et faire une scène. Et pour être claire, je m'en fiche que tu l'aies frappé, mais le spectacle que tu as donné à tout le bar, non. »

Ses yeux brillaient de larmes. Je m'avançai vers elle et tentai de la prendre dans mes bras par réflexe. Elle se tendit, ne me repoussant pas vraiment, mais ne m'accueillant certainement pas. Elle ne me regarderait pas.

En un éclair, je compris le concept d'un cœur brisé. Parce qu'en ce moment, alors qu'elle me repoussait physiquement et émotionnellement, j'avais l'impression que mon cœur se brisait en deux morceaux. La douleur était si intense que je pouvais à peine la supporter.

« Zanna... »

Elle me regarda enfin, ses magnifiques yeux brillants. « Ne m'appelle pas comme ça. »

« Je sais que tu peux prendre soin de toi-même. Ça ne change rien au fait que je t'aime. »

Elle me fixa, ses yeux s'agrandirent puis une larme coula sur sa joue. Elle prit une profonde inspiration puis fondit soudain en larmes. Sans se retenir cette fois, elle me laissa la prendre dans mes bras.

Chapitre Trente-Sept

SUSANNAH

Le tissu de la chemise de Ward était humide contre ma joue alors que je prenais une autre inspiration tremblante. Je n'arrivais pas à arrêter de pleurer. Mais je me disais que c'était normal. J'avais essayé de faire bonne figure toute la semaine et de ne pas m'effondrer, mais il m'avait tellement manqué. Son absence rendait tout le reste très solitaire.

Il y avait ça et puis le fait que j'étais tombée amoureuse de lui. Mes émotions étaient si vives que je ne pouvais plus ignorer de mes sentiments. Oh, et j'étais enceinte. J'avais l'impression d'emprunter une voie que je n'avais pas choisie. Pourtant, je n'avais pas d'autre choix que de continuer.

Il était si fort et stable en me tenant. Une main traça des cercles dans mon dos, tandis que l'autre caressa mes cheveux là où ma tête reposait contre sa poitrine. Il sentait si bon, ce parfum boisé et citronné. J'essayai de me rappeler si j'avais déjà remarqué l'odeur d'un homme auparavant. Je n'arrivais pas à me souvenir de qui que ce soit d'autre. Mais l'odeur de Ward ? Je savais que je ne l'oublierais jamais.

J'étais mortifiée à l'idée de m'être effondrée comme ça. J'étais aussi trop fatiguée émotionnellement pour m'arrêter. Je n'avais pas dormi de toute la semaine. Après quelques longs instants, on frappa à la porte.

« Susannah ? » La voix étouffée de Maisie traversa la porte.

« Tu veux lui parler ? », demanda Ward, son ton prudent et bas.

Je secouai la tête contre son torse. « Pas maintenant », marmonnai-je dans sa chemise.

« Susannah ? » Maisie demanda encore. « Dis-moi juste que tu vas bien. »

« Je peux lui dire que tu vas bien ? »

À mon hochement de tête contre sa poitrine, sa main tomba de mes cheveux, et je le sentis se tourner légèrement. Il tournait le dos à la porte, il dut donc passer la main derrière lui pour l'ouvrir. Les toilettes étaient minuscules. Il y avait à peine assez de place pour nous deux. Nous nous tenions entre le mur et le lavabo avec seulement quelques centimètres de chaque côté.

« Elle va bien », dit Ward à travers la fente de la porte lorsqu'il l'ouvrit.

« Tu es sûr ? Je veux lui parler », dit Maisie d'un ton ferme.

Ward ne sembla pas s'offusquer de son insistance. Je le sentis hocher la tête puis sa voix gronda dans sa poitrine. « Attends. »

Je levai les yeux maintenant, réalisant que je ne pouvais que cacher mon visage dans sa chemise pour toujours. Ses yeux rencontrèrent les miens, son inquiétude me fit presque fondre en larmes à nouveau. « Je ne pense pas qu'elle parte tant qu'elle ne t'aura pas parlé. »

« Je peux t'entendre, tu sais », appela Maisie de l'autre côté de la porte.

Je ne pus m'empêcher de rire. J'avais des amies protectrices. « Je vais bien », appelai-je par-dessus l'épaule de Ward. « Promis. »

« C'est tout ce que j'avais besoin d'entendre », déclara Maisie, puis la porte se referma.

Ward tendit la main derrière lui pour la verrouiller, puis leva la main pour écarter mes cheveux emmêlés de mon visage. Mon visage était humide à cause de mes larmes et du frottement de mon visage contre sa chemise. Quand je reniflai, il se pencha et attrapa du papier toilette pour me le donner. « Ce n'est pas un mouchoir, mais... »

« C'est bon », dis-je en le prenant.

En me mouchant bruyamment, je tamponnai mes joues, puis jetai le mouchoir dans la corbeille sous l'évier. J'aperçus mon visage dans le miroir alors que je me retournais pour lui faire face. Mes joues étaient roses et mes yeux étaient rouges à force de pleurer. C'était horrible à voir. Rassemblant mon courage, je levai enfin les yeux vers lui.

Ses yeux rencontrèrent les miens, son regard fixe, mais légèrement incertain. C'était nouveau. On resta là, les yeux dans les yeux, dans les petites toilettes avec les sons étouffés du bar qui dérivaient dans le couloir étroit. J'entendis un autre groupe entrer par la porte arrière, leurs pas résonnant alors qu'ils entraient dans le restaurant.

« Je ne voulais pas m'effondrer comme ça. On peut dire que la semaine a été longue », dis-je enfin.

Il était silencieux tandis que son regard se posait sur mon visage. Il repoussa mes cheveux, glissant quelques boucles lâches derrière mon oreille. Comme toujours quand il était près de moi, mon corps me trahissait. Une chair de poule me parcourut en un frisson du côté de mon cou jusqu'à mes orteils rien qu'à l'effleurement du bout de ses doigts derrière mon oreille.

« Ça a été une longue semaine. » Sa voix était basse et rauque, ses yeux fixés sur les miens. « Tu m'as manqué tous les jours. Chaque minute. Comment tu vas ? »

« Eh bien, je ne suis pas trop malade, mais je veux manger des choses étranges. » Avalant une bouffée d'air, je décidai d'être honnête puisque je m'étais déjà ridiculisée. « Tu me manques. C'est un vrai bordel notre histoire. Tu n'es pas obligé de me dire que tu m'aimes. »

Ses yeux brillèrent et il prit mon visage dans ses deux mains, son regard brûlant en moi. « Je sais que je ne suis pas obligé. Mais je le dis. »

« Tu... ? » Je commençai à demander. Ma bouche s'assécha quand il hocha brusquement la tête.

« Je ne dis pas des choses que je ne pense pas. Je t'aime. Comme je l'ai déjà dit. »

En le fixant, je fus frappée par une autre vague d'émotion et avant que je ne m'en rende compte, des larmes coulaient sur mes joues. Je les essuyai avec ma manche. Jetant un coup d'œil en arrière, je le trouvai l'air surpris et inquiet, comme s'il ne savait pas trop quoi faire pour moi.

Je ne savais pas trop quoi faire pour moi non plus.

« Zanna, je suis désolé. Je sais que c'est beaucoup », marmonna-t-il en se penchant et en attrapant plus de papier toilette, en tamponnant soigneusement mes joues avant de me le donner. Je me mouchai à nouveau et pris une profonde inspiration.

« Ce n'est pas toi. Je t'aime, et je suis dans tous mes

états. Je veux dire, regarde-moi », dis-je en désignant mon visage.

Il fit ce que je lui demandais, sa bouche s'étendant en un sourire. « Tu es belle. »

Levant les yeux au ciel, je me mouchai une fois de plus. « C'est ça. Tu dis juste ça pour être gentil. »

Avec un autre hochement de tête, il me prit dans ses bras. Je sentis ses épaules se soulever et s'abaisser avec une profonde inspiration, son corps se détendant légèrement alors qu'il m'attirait plus près. C'est alors que je remarquai la sensation de son membre dur entre nous, pressant contre mon bas ventre. Mon canal se serra en réponse.

Comme s'il pouvait lire dans mes pensées, il dit : « Ignore-moi. Je n'ai pas beaucoup de contrôle sur mon corps quand je suis près de toi. Je te promets que je ne t'ai pas emmenée dans les toilettes pour ça. »

Je ris. « C'est parfait. On a un problème en commun », dis-je en penchant la tête en arrière avec un sourire.

On resta là, à se sourire, alors que je fus prise un sentiment de vertige. Il y eut un autre coup à la porte. Cette fois, une voix inconnue filtra à travers le bois. « C'est bientôt fini ? J'ai besoin de faire pipi. »

J'éclatai encore de rire, Ward me suivant. Il cria : « Une minute. »

Quand il me regarda, son regard se dégrisa. « Si Chad veut faire son con, Cade m'a prévenu qu'il aurait le droit de porter plainte. »

J'avais complètement oublié les événements qui m'avaient poussée à dévaler le couloir. « Pour ce que ça vaut, s'il te plaît, ne frappe personne pour moi. Je peux me défendre. »

Il haussa les épaules, complètement impénitent.

« Si un gars, Chad ou autre, parle de toi comme ça, je me réserve le droit de le frapper. »

Le fixant, je secouai la tête. Il avait fallu que je tombe amoureuse d'un mâle dominant. Ainsi soit-il. Avec un autre soupir, je reculai, non pas qu'il y ait beaucoup d'espace derrière moi. « Bon, il va falloir qu'on aille assumer. »

Il se tenait là, me regardant un instant, levant ses mains pour repousser mes cheveux en arrière, ses paumes prenant mes joues. « Je pense ce que j'ai dit. Je t'aime. Si tu te demandes ce que ça veut dire, ça veut dire que tu ne te débarrasseras jamais de moi. »

Mon cœur battait si fort que je pouvais à peine respirer. La joie tourbillonnait en moi. « Je t'aime aussi. Je pense qu'on devrait garder le reste pour plus tard. Quelqu'un va faire dans sa culotte », dis-je juste au moment où l'on frappait à nouveau à la porte.

Chapitre Trente-Huit

WARD

Beaucoup, beaucoup plus tard dans la nuit, je grimpai sous les couvertures à côté de Susannah. Même si j'avais voulu quitter le Wildlands beaucoup plus tôt, Rex ne me l'avait pas permis. Pendant que j'étais dans les toilettes avec Susannah, quelqu'un avait appelé la police. Nous avions eu de la chance, ne serait-ce parce qu'après que j'eus frappé Chad, puis que Susannah l'ait frappé, il était assez saoul pour essayer de frapper Beck et Levi alors qu'ils essayaient de le protéger.

Par chance, il avait réussi à toucher Beck. Donc Rex nous avait grondés et avait donné le choix à Chad. Soit, il nous arrêtait tous, soit il n'arrêtait personne. Chad était peut-être un connard, mais il n'était pas stupide. Il avait décidé qu'il ne voulait pas se prendre une plainte, alors nous étions tirés d'affaire.

Puis Susannah m'avait demandé d'aller parler aux quelques membres de l'équipe qui avaient été témoins de toute la débâcle. Avec sa permission de donner les grandes lignes de notre histoire, je leur avais dit que nous nous connaissions d'avant et ainsi de suite. À mon insu, Susannah avait également décidé au cours de cette dernière semaine que c'était une sage décision de se faire transférer à l'équipe locale au lieu de l'une des équipes de pointe.

Comme elle l'avait souligné : « On va avoir un bébé. On ne peut pas être en terrain tous les deux en même temps. Comme ça, je ferai toujours ce que j'aime, mais je serai toujours à la maison. »

Je ne pouvais pas dire que j'étais à cent pour cent d'accord avec ce choix, mais je savais que c'était un choix intelligent. Je savais aussi que je devais laisser Susannah prendre ses propres décisions, donc je devais accepter qu'il y ait des semaines où nous serions séparés. Compte tenu de l'alternative (laisser notre bébé avec quelqu'un d'autre), c'était sans doute la meilleure option.

J'étais tellement soulagé de monter dans ce lit avec Susannah. Elle s'allongea sur le côté, alors j'emboîtai le pas, me blottissant derrière elle. Elle était chaude et douce, chaque centimètre d'elle avait une odeur de paradis. Lorsque la bosse dure de ma bite heurta ses fesses, je murmurai : « Ignore ça. »

Elle gloussa et tendit la main entre nous derrière son dos, sa paume s'enroulant autour de ma longueur. « Et si je n'ai pas envie ? », demanda-t-elle, la voix rauque.

« Je ne pense pas pouvoir dire non. Pas à toi. »

Ensuite, je respirais son odeur, goûtais sa peau avec mes lèvres et ma langue alors que je lançais une traînée de baisers le long de son cou et par-dessus son épaule, ma main prenant ses seins en coupe et taquinant ses mamelons.

Elle s'était glissée dans son lit, cul nu. Il aurait fallu un acte divin pour m'empêcher de lui faire l'amour. Lorsque ma main glissa sur son ventre, sa voix attira mon attention.

« Tu vois que j'ai pris du poids ? »

Je laissai ma paume effleurer la courbe subtile de son ventre. « Je n'appellerais pas ça prendre du poids. J'appelle ça des courbes. Et plus il y en a, mieux c'est, en ce qui me concerne. D'ailleurs, tu es sexy comme tout depuis que tu es enceinte. »

Quand elle gloussa, je glissai mes doigts dans ses boucles, les plongeant dans l'humidité entre ses cuisses, la trouvant chaude et prête.

Je ne voulais pas attendre, ça faisait trop long-temps. Cette semaine avait semblé être une éternité. Passant ma main entre nous, je levai une de ses jambes, la reposant sur les miennes, me donnant plus d'accès pour la caresser. En quelques secondes, elle balançait ses hanches contre moi.

« Ward, s'il te plaît. »

Alors que le besoin me traversait, je pris mon membre dans ma main, glissant mon autre main sur la courbe de son cul rond. J'écartai ses fesses et me fis de la place, dans un mouvement subtil, je m'en-fonçai dans la chaleur chaude et crispante de son centre.

Je me tins immobile un instant, savourant ce que ça faisait de la serrer contre moi et d'être enfoui au plus profond d'elle. Elle était mon chez moi. Ou plutôt *nous* étions mon chez moi.

En repoussant ses cheveux de sa joue, je posai mon visage contre le sien alors que je me balançais en elle. Son intimité palpitait et pulsait autour de ma bite, me poussant presque instantanément à la jouissance. Passant à nouveau une main sur ses seins et son ventre, je taquinai ses plis humides, faisant des cercles sur son clitoris.

Elle cria mon nom dans un halètement rauque. Son canal se bloqua autour de mon membre alors qu'elle trouvait sa libération, déclenchant un orgasme toni-truant chez moi.

Je la tins contre moi, savourant la sensation. Pour la première fois depuis des semaines, je me sentais détendu. Je n'avais pas réalisé à quel point ça avait été dur de garder mes sentiments pour moi.

Au bout d'un moment, elle parla. « Eh bien, on oublie l'idée que j'avais de me passer de ton corps. »

« Je pensais que ça venait de moi. »

Elle gloussa et commença à se retourner, mais je secouai la tête. « Ne bouge pas. »

« Pourquoi ? », demanda-t-elle.

« Parce que je veux rester dans ce moment. Pour toujours si possible. »

Je sentis son sourire contre ma joue et sa main se soulever pour ébouriffer mes cheveux. « Je vais devoir faire pipi dans une minute », dit-elle. « J'ai tout le temps envie maintenant. »

Je reculai à contrecœur, glissant pour me reposer contre les oreillers alors qu'elle sortait du lit. Quelques secondes plus tard, elle revint, se glissant sous les couvertures à côté de moi. Elle se recroquevilla contre moi, ses doigts traçant des cercles sur mon torse.

« Je veux un chien », annonça-t-elle, de nulle part.

Mon rire m'échappa spontanément. « OK, tu veux un chien ? D'où est-ce que ça vient ? »

« J'en ai toujours voulu un, mais j'avais l'impression qu'avec mon travail ce n'était pas raisonnable. Mais si on a un bébé et que je passe dans l'une des équipes locales, on peut avoir un chien. »

Mon cœur se serra si fort que ça me fit mal. « Si tu veux un chien, on aura un chien. »

Chapitre Trente-Neuf

SUSANNAH

En faisant glisser mes hanches sur la table d'examen, je frissonnai légèrement à la sensation du papier froid et froissé sous ma peau. La fine robe en coton ne m'aidait pas vraiment à rester au chaud dans cette pièce toujours froide. Je jetai un coup d'œil à Ward, balançant mes pieds sans relâche. Mon cœur frappa contre mes côtes quand je vis l'expression sur son visage. Il me regardait, de son magnifique regard argenté. Le cliquetis de sa mâchoire révélait cependant un soupçon de nervosité.

Il déglutit, un son qui résonna dans la petite salle d'examen. J'étais enceinte de vingt-deux semaines maintenant, et nous étions ici pour mon échographie programmée. Aujourd'hui, nous allions savoir si le bébé était un garçon ou une fille. Nous avions eu une discussion amusante à ce sujet ce matin avec Ward, qui avait dit qu'il ne voulait pas savoir si c'était une fille parce que, si c'était le cas, il ferait probablement une crise cardiaque.

Les mains sur mes hanches, je l'avais dévisagé. « Quel est le problème avec le fait d'avoir une fille ? »

Il s'était retourné pour me faire face alors qu'il se tenait près du comptoir. « Rien du tout. J'ai juste peur de m'inquiéter beaucoup plus. »

« Tu t'es déjà inquiété pour moi ? », avais-je contré.

En deux longues enjambées, il était arrivé juste devant moi. Il avait mis ses mains sur mon visage. « Oui. Tout du long de notre formation, je m'inquiétais pour toi. Pas parce que je ne pensais pas que tu pouvais te débrouiller. Ça n'a jamais été ça. Tu es plus forte, plus intelligente et plus courageuse que n'importe quel homme que je connais. Bon sang, la plupart des femmes le sont probablement. C'est juste que tu es trop précieuse pour moi. Je ne peux pas m'empêcher de m'inquiéter pour toi. »

Mon cœur avait bondi à ses paroles. J'avais complètement perdu mes mots. Pour un homme qui ne parlait pas très souvent, il m'avait coupé le souffle.

Alors que je repensai à cette conversation, ses yeux se détachèrent des miens pour étudier le sol dans la salle d'examen. Quelques secondes plus tard, il leva les yeux comme s'il avait senti mon regard sur lui. Je souris. « Ne sois pas aussi inquiet. Tout ira bien. »

Il secoua la tête, lâcha un sourire. Se penchant en arrière, il bougea les épaules avec un soupir. « Les rendez-vous chez le médecin me stressent. »

À ce moment-là, on frappa rapidement à la porte. Ward me regarda, les sourcils froncés, confus.

« Ils frappent toujours juste pour s'assurer qu'ils peuvent entrer », expliquai-je. « Entrez ! », criai-je.

Le docteur Jenkins entra dans la pièce, fermant la porte derrière elle et ajustant ses lunettes. Son regard rebondit entre nous. « Comment allons-nous aujourd'hui ? », demanda-t-elle.

« Mieux. Comme vous l'aviez dit, les nausées sont parties. Ça fait quelques semaines que ça va mieux. »

Hochant la tête, elle ajusta sa blouse alors qu'elle se glissait sur le tabouret, faisant tourner le moniteur vers elle. En cliquant sur quelques touches du clavier, elle balaya l'écran puis se tourna vers moi. « Alors, est-ce que vous avez décidé ? »

Je jetai un coup d'œil à Ward.

« Pourquoi tu me regardes ? », demanda-t-il.

« Eh bien, on n'était pas sûrs ce matin. »

Un sourire taquina les coins de sa bouche, et il haussa les épaules, doucement. « On aimerait bien savoir. Comme ça on pourra s'habituer à l'idée. »

Les lèvres du docteur Jenkins s'étendirent, mais elle resta silencieuse. Ward attira son attention avec un sourire penaud. « Vous pouvez rire. Je n'ai aucune idée de ce que je fais. Je n'ai jamais eu de bébé. Enfin, je n'ai jamais été sur le point d'être père », précisai-je.

Elle se mit à rire. « Il y a une première fois à tout. Dans tous les cas, ce sera une aventure. En plus, vous êtes là. » Elle s'arrêta, le regard sombre. « Et cela en dit long. »

Ward hocha simplement la tête, se penchant en avant sur sa chaise et posant ses coudes sur ses genoux.

Elle se leva, me regardant. « D'accord, vous connaissez la routine. »

Je glissai sur la table, le son du papier froissé ne se faisant pas oublier. Peu de temps après, elle me tendait la baguette et me demandait de la positionner. Elle fit gicler du gel pour l'échographie sur mon ventre, et je fus agréablement surprise de découvrir qu'il n'était pas froid. « Oh, c'est gentil. Je me préparais à une secousse. »

Elle esquissa un rapide sourire. « Je sais. On a un radiateur. Croyez-le ou non, il nous a fallu une autorisation spéciale. »

Ward était calme d'où il était assis. Je la sentis faire

glisser l'instrument sur mon ventre, et elle ajusta la baguette à l'intérieur de mon vagin. Quelques instants plus tard, elle parlait doucement.

« Tout a l'air super. Vous voyez ? »

Je tendis le cou pour voir l'écran, l'image granuleuse en noir et blanc devenant nette. « Vous voyez, là il y a la tête », dit-elle en désignant l'écran.

Je sentis Ward se lever, s'approcher du côté de la table, une de ses mains posée sur mon mollet, son toucher me réchauffant. J'étais submergée par l'émotion, le fait de l'avoir ici, que tout ça m'arrive. Même si tout ça était un accident, parfois les accidents sont la meilleure chose qui soit.

« D'accord, dernière chance de me dire que vous ne voulez pas savoir si c'est un garçon ou une fille », dit doucement le docteur Jenkins.

Tournant la tête, je jetai un coup d'œil à Ward. Ses yeux croisèrent les miens. Pendant un instant, c'était comme si nous étions seuls. L'intimité s'était installée entre nous, emplissant l'air frais. Nous nous posions tous les deux la même question sans le dire.

À son doux hochement de tête, je répondis : « Nous voulons savoir ».

« C'est un garçon. »

Une joie sauvage saisit dans mon cœur. Ward soutint mon regard, un sourire étirant les coins de sa bouche.

« Eh bien, je suppose que tu n'as pas à t'inquiéter dans ce cas, hein ? »

Il serra à nouveau mon mollet, sa main glissant sur mon genou. « Oh non, il y a encore de quoi s'inquiéter. »

En le fixant, je fus soudain submergée par l'émotion. Encore. Je souriais si fort que j'avais mal au visage. Je n'avais pas réalisé que je pleurais jusqu'à ce que le docteur Jenkins me tende un mouchoir.

« Je vais vous laisser quelques minutes », dit-elle avant de m'aider rapidement à retirer la baguette et à essuyer le gel de mon ventre.

Avec un sourire chaleureux, elle sortit. « Je serai de retour dans quelques minutes. Il y a deux ou trois autres choses dont nous devons parler. »

Dès que la porte se referma derrière elle, Ward se pencha, me faisant sursauter en attrapant mes lèvres dans un baiser. Alors qu'il se reculait, il écarta mes cheveux de ma joue, la tendresse dans son regard me fit presque pleurer à nouveau.

« Je me fiche vraiment que ce soit un garçon ou une fille. Je suis juste content que ce soit toi et moi et la suite », murmura-t-il.

Je le fixai, mon cœur battant la chamade. Je n'arrivais pas à croire que cet homme, qui ne devait être que l'histoire d'une nuit et un souvenir brûlant, gravé dans mon cœur et mon âme, faisait désormais partie intégrante de ma vie.

———

Quelques jours plus tard, j'étais dans la cuisine de Ward. Je ne sais pas exactement comment, mais, au cours des dernières semaines, nous avions migré vers chez lui. Peut-être parce qu'il avait plus d'espace. Même si j'adorais ma petite cabane, elle n'était pas construite pour une famille.

En ouvrant l'un des placards, je sortis une planche à découper et je commençai à couper des légumes.

J'avais découvert que Ward aimait que je cuisine. J'étais plutôt douée, alors je m'efforçais de préparer à dîner à chaque fois qu'il rentrait à la maison. Avec mon nouvel emploi du temps, plutôt régulier maintenant, j'avais la possibilité de le faire maintenant. En plus, j'aimais voir la surprise sur son visage tous les soirs.

En entendant le bruit des pneus qui descendaient l'allée, je ne pus retenir les papillons dans mon ventre. Ce sentiment d'anticipation ne me quitterait sans doute jamais, du moins j'en doutais. Je continuai à couper des légumes, me forçant à ne pas courir à la fenêtre et à regarder dehors comme une idiote qui a le béguin pour le pompier.

Cette fois-ci, il me surprit. Je l'entendis entrer et la porte se refermer derrière lui. Tout d'un coup, il y eut un bruit de course au sol et quelque chose me frotta les pieds. Je baissai les yeux pour voir un petit paquet de poils bruns se tortiller comme un fou contre mes jambes. « Oh mon Dieu ! Un chiot ! »

Je me penchai et le pris dans mes bras. Un rapide coup d'œil et je sus que c'était une fille. Elle avait une fourrure brune soyeuse et bouclée, et honnêtement, elle ressemblait à une petite boule de poil. Ses grands yeux marron étaient à peine visibles sous la fourrure. Je la serrai contre mon épaule, riant quand elle commença à me lécher le visage.

Je jetai un coup d'œil vers Ward alors qu'il s'appuya le comptoir, me regardant jouer avec le chiot. « Le chien de Jesse a eu des chiots il y a deux mois, alors je me suis dit que j'allais te faire la surprise. C'était la seule qui restait. »

Je regardai à nouveau le chiot et faillis fondre en larmes. J'avais pleuré plus au cours des derniers mois que je n'avais jamais pleuré de ma vie, même si je pleurais plus de joie que de quoi que ce soit d'autre. Ward, sombre et sérieux par nature, l'homme qui ne parlait pas de ses sentiments, continuait à me surprendre par sa douceur et sa gentillesse.

Ward s'approcha de moi en un éclair. « Pourquoi est-ce que tu pleures ? »

Je souris alors qu'une larme coulait sur ma joue. « Je suis heureuse. Je ne peux pas croire que tu aies fait ça. »

Il me fixa, ses yeux argent brillants. « Je ferais n'importe quoi pour toi. »

Chapitre Quarante

ÉPILOGUE – WARD

En regardant par la fenêtre du petit avion, je regardai les montagnes nous passer dessous. Le ciel était clair aujourd'hui et le soleil était haut, projetant ses rayons sur les sommets enneigés. L'océan était visible au loin, me disant que nous étions près de Willow Brook.

Pour moi, Willow Brook était chez moi maintenant. J'adorais cette petite ville, mais ce n'était pas pour ça que je m'y sentais comme à la maison. C'était la maison parce que Susannah et Wayne y étaient. Ils étaient ma vie, le soleil de mon univers.

J'étais parti depuis trois semaines, trois semaines de trop. J'aimais toujours mon travail. Mais chaque fois qu'il fallait aller en campagne pour combattre un incendie, ils me manquaient horriblement. Après une profonde inspiration, j'appuyai ma tête contre le siège, roulant mon visage sur le côté pour regarder Beck fixer son téléphone. Il leva les yeux, croisant mon regard.

« Laisse-moi deviner », dis-je. « Maisie ? »

Il lança un sourire. « Bien sûr. Tu sais comment c'est maintenant. Tu as une famille qui t'attend. »

Je n'avais eu aucun mal à admettre que je ferais

n'importe quoi pour eux. Je lui rendis son sourire. « Je sais bien. Être absent est la seule chose que je n'aime pas dans notre travail. »

Beck hocha la tête. « Entièrement d'accord. Mais ça permet d'apprécier encore plus les moments où on est là. »

———

Plus tard dans la nuit, ou plus précisément au milieu de la nuit, je me reposai contre les oreillers pendant que Susannah nourrissait Wayne. Une lampe dans le coin le plus éloigné de la chambre reflétait l'or doux dans ses cheveux. Je la regardai, me disant que je ne me lasserais jamais de la regarder.

Ses boucles blond vénitien tombaient en cascade sur ses épaules et ses yeux semblaient fatigués. Elle était tellement belle. Je passai un doigt sur le côté de son cou et sur la courbe de son épaule. Son regard croisa le mien, sa bouche s'étendant en un sourire endormi. « Je continue d'espérer qu'il fera sa nuit. »

« Au moins il ne se réveille qu'une fois par nuit maintenant. Il a faim. Au moins, il se rendort quand tu l'as allaité. »

Elle hocha la tête, regardant les boucles sombres de Wayne et les passant au crible. On resta silencieux pendant qu'elle le nourrissait, et je restai allongé à côté d'elle. Le silence était confortable. Mais en vrai, j'étais toujours à l'aise avec elle.

Après quelques minutes, Wayne s'endormit, sa bouche libérant enfin le mamelon de Susannah. Elle se leva prudemment et passa dans la petite pièce du côté où se trouvait le berceau. Quelques minutes plus tard, elle revint se coucher. Je me dis que celle qui avait conçu cette maison devait avoir un bébé en tête parce que cette petite pièce juste à côté de la chambre principale était parfaite pour un bébé.

Se glissant sous les couvertures, elle me regarda alors qu'elle se blottissait contre moi. « Tu sais, tu n'as pas à te réveiller toutes les nuits avec moi. Tu as besoin de dormir. »

Haussant les épaules, je secouai la tête. « J'en ai envie. Je déteste devoir partir plusieurs semaines d'affilée de temps en temps. Alors quand je suis ici, c'est un travail d'équipe. Je le nourrirais aussi si je pouvais, mais il te préfère. »

Susannah sourit doucement. « D'accord, je ne voulais pas que tu penses que c'est ce que j'attends de toi. »

Comme je ne pouvais pas lui résister, je levai une main, la faisant glisser le long de la peau soyeuse de son cou pour caresser ses seins. Très gros bonus, ses courbes déjà luxuriantes étaient encore plus généreuses depuis qu'elle allaitait. J'aimais chaque centimètre de son corps.

Quand sa respiration siffla, je levai les yeux, croisant son regard alors qu'il s'assombrissait. Je remerciai Dieu pour la millième fois, au moins, que notre amour soit réciproque. Je la tirai sur mes genoux, gémissant à la sensation de ses plis lisses sur mon membre.

« Wôw, tu es prêt », observa-t-elle avec un petit rire.

« Ça fait trois semaines que j'attends. » En la fixant, mon cœur se serra fort, me rappelant encore une fois que je ferais n'importe quoi pour elle.

« Est-ce que j'ai oublié de te dire que je t'aimais aujourd'hui ? »

Elle secoua la tête avec un sourire taquin.

« Oh, bon », murmurai-je en la tirant plus près de moi. Je pris ses lèvres dans un baiser.

. . .

À suivre dans la Saga Au Cœur des Flammes : l'histoire de Caleb et Ella dans *Brûlure Divine*. Caleb et Ella étaient amoureux au lycée avant qu'une tragédie les sépare. Leur seconde chance de vivre une histoire d'amour est épique. "Drôle, agréable, à vous en tordre le cœur, intense... dur à poser ! Une alchimie canon et enivrante !" Ne manquez pas l'histoire de Caleb !

Pré-commande en 1-click: **Brûlure Divine**

www.ingramcontent.com/pod-product-compliance
Lightning Source LLC
Chambersburg PA
CBHW070924190726
48292CB00004B/1090